우리고전 100선 16

덴동어미화전가

우리고전 100선 16

뎐동어미화전가

—

2011년 12월 30일   초판 1쇄 발행

—

편역	박혜숙
기획	박희병
펴낸이	한철희
펴낸곳	돌베개
책임편집	이경아·최혜리
편집	소은주·권영민·이현화·김태권·김진구·김혜영
디자인	박정영·이은정
디자인기획	민진기디자인
표지그림	전갑배(일러스트레이터, 서울시립대학교 시각디자인대학원 교수)

등록	1979년 8월 25일 제406-2003-018호
주소	(413-756) 경기도 파주시 교하읍 문발리 파주출판도시 532-4
전화	(031)955-5020
팩스	(031)955-5050
홈페이지	www.dolbegae.com
전자우편	book@dolbegae.co.kr

ⓒ박혜숙, 2011

ISBN 978-89-7199-463-4 (04810)
ISBN 978-89-7199-250-0 (세트)

우리고전 100선 16

덴동어미화전가

박혜숙 편역

돌베
개

간행사

지금 세계화의 파도가 높다. 현재 진행되고 있는 세계화는 비단 '자본'의 문제이기만 한 것이 아니라, '문화'와 '정신'의 문제이기도 하다. 그 점에서, 세계화에 어떻게 대응할 것인가 하는 것은 우리의 생존이 걸린 사활적(死活的) 문제인 것이다. 이 총서는 이런 위기의식에서 기획되었으니, 세계화에 대한 문화적 방면에서의 주체적 대응이랄 수 있다.

생태학적으로 생물다양성의 옹호가 정당한 것처럼, 문화다양성의 옹호 역시 정당한 것이며 존중되지 않으면 안 된다. 그럼에도 세계화의 추세 속에서 문화다양성은 점점 벼랑 끝으로 내몰리고 있는 것처럼 보인다. 하지만 문화적 다양성 없이 우리가 온전하고 행복한 삶을 살 수 있겠는가. 동아시아인, 그리고 한국인으로서의 문화적 정체성은 인권(人權), 즉 인간권리의 문제이기도 하기 때문이다. 그래서 우리 고전에 대한 새로운 조명과 관심의 확대가 절실히 요망된다.

우리 고전이란 무엇을 말함인가. 그것은 비단 문학만이 아니라, 역사와 철학, 예술과 사상을 두루 망라한다. 그러므로 일반적으로 알려져 있는 것보다 훨씬 광대하고, 포괄적이며, 문제적이다.

하지만, 고전이란 건 따분하고 재미없지 않은가? 이런 생각의 상당 부분은 편견일 수 있다. 그리고 이런 편견의 형성에는 고전을 연구하는 사람들에게 큰 책임이 있다. 시대적 요구에 귀 기울이지 않은 채 딱딱하고 난삽한 고전 텍스트를 재생산해 왔으니까. 이런 점을 자성하면서 이 총서는 다음의 두 가지 점에 특히 유의하고자한다. 하나는, 권위주의적이고 고지식한 고전의 이미지를 탈피하는 것. 둘은, 시대적 요구를 고려한다는 그럴듯한 명분을 내세워 상업주의에 영합한 값싼 엉터리 고전책을 만들지 않도록 하는 것. 요컨대, 세계 시민의 일원인 21세기 한국인이 부담감 없이 '쉽게' 접근할 수 있는, 그러면서도 품격과 아름다움과 깊이를 갖춘 우리 고전을 만드는 게 이 총서가 추구하는 기본 방향이다. 이를 위해 이 총서는, 내용적으로든 형식적으로든, 기존의 어떤 책들과도 구별되는 여러 가지 모색을 시도하고 있다. 그리하여 고등학생 이상이면 읽고 이해할 수 있도록 번역에 각별히 신경을 쓰고, 작품에 간단한 해설을 붙이기도 하는 등, 독자의 이해를 돕고자 하였다.

특히 이 총서는 좋은 선집(選集)을 만드는 데 큰 힘을 쏟고자한다. 고전의 현대화는 결국 빼어난 선집을 엮는 일이 관건이자 종착점이기 때문이다. 이 총서는 지난 20세기에 마련된 한국 고전의레퍼토리를 답습하지 않고, 21세기적 전망에서 한국의 고전을 새롭게 재구축하는 작업을 시도할 것이다. 실로 많은 난관이 예상된다. 하지만 최선을 다해 앞으로 나아가고자 한다. 그리하여 비록좀 느리더라도 최소한의 품격과 질적 수준을 '끝까지' 유지하고자한다. 편달과 성원을 기대한다.

박희병

「덴동어미화전가」는 한글로 된 작자 미상의 가사 작품이다.

조선 시대 여성들은 봄날에 모여, 함께 진달래 화전을 부쳐 먹으며 꽃놀이를 하는 풍속이 있었다. 그런 화전놀이의 과정과 즐거움을 한글 가사로 기록한 것이 '화전가'인데, 동일하거나 유사한 제목으로 상당수의 작품이 전하고 있다. 그중에도 「덴동어미화전가」는 단순한 화전놀이의 감흥을 기록하는 데 그치지 않고, 전체 분량의 3분의 2 이상을 덴동어미의 파란만장한 인생 유전(流轉) 이야기에 할애함으로써, 그 문학적 성취에 있어서 조선 후기 가사가 도달한 최고 수준을 보여 주는 작품의 하나라고 할 수 있다.

「덴동어미화전가」는 오늘날 독자의 관점에서 볼 때도 매우 뛰어난 작품이다. 덴동어미는 원래는 중인 신분이었지만 거듭 남편을 잃는 불운을 겪으며 최하층의 빈민으로 살아간 여성이다. 그녀의 삶을 통해 전통 시대 서민들의 다양한 삶의 모습을 눈앞에 보듯 생생하게 보는 것은 「덴동어미화전가」를 읽는 재미 가운데 하나이다. 또한 삶의 재난과 고통 앞에서 때로는 몸부림치고 때로는 망연자실하면서도 꿋꿋하게 자기 몫의 인생을 살아 낸 덴동어미의 모습은 참으로 감동적이다. 보통 사람이 상상할 수 있는, 그 이상의 고통과 슬픔 속에서도 선량함과 따뜻함을 잃지 않았을 뿐 아니라, 인생의 온갖 고난을 열력하고 난 뒤, 마침내 무애자재의 마음으로 노래하고 춤추는 덴동어미를 통해 인간의 삶에서 불가피한 고통이 과연 어떤 의미와 가치를 갖는 것인지 다시금 생각하게 된다. 또한 화전놀이에 참여한 다양한 여성들의 모습과 그들의 집단적 신명을 통해 삼종지도(三從之道)나 여필종부(女必從夫) 같은 유교적 족쇄에 붙매이지 않는 자유로운 여성 본연의 생생한 생명 에너지를 만나게 될 뿐 아니라, 오랜 세월 이어져 온 여성들 사이의 깊은 공감과 유대를 발견하고 거기 참여하는 경험은 참으로 신선하고 즐거운 일이다.

「덴동어미화전가」의 원문은 경상북도 방언과 고어와 한자 어구 등이 많이 섞여 있어 오늘날 일반인이 읽기에는 어려운 점이 있다. 그래서 원문의 문체를 훼손하지 않는 범위 내에서 방언은 표준어로, 고어는 현대어로, 한자 어구는 적절한 우리말로 옮겼다. 원문은 단락 구분이 되어 있지 않지만 적절하게 단락을 구분하고 소제목을 붙였으며, 매 단락마다 해설을 붙여 독자의 작품 감상을 돕고자 하였다.

덴동어미의 형상에는 이름도 없이 흔적도 없이 이 땅에 살다 간 수많은 서민 여성들의 모습이 겹쳐져 있다. 숱한 고통 속에서도 끝까지 자기 앞의 생을 껴안은 그들, 그 평범하지만 비범하고 소박하지만 단단한 삶에 경의를 표한다.

· 2011년 12월
박혜숙

차례

004   간행사

006   책머리에

159   해설

172   찾아보기

덴동어미화전가

013 화전놀이 준비

021 봄날의 화전놀이

029 청춘과부의 설움

035 덴동어미의 첫 결혼

041 덴동어미의 재혼

048 경주의 객줏집살이

058 두 번째 남편과의 사별

064 황도령의 인생 유전

077 황도령과 함께한 삶

085 주인댁의 위로

093 엿장수 조서방

100 조서방의 죽음

108 늦은 귀향

117 청춘과부에게 주는 말

126 달관

130 봄 춘자 노래

142 꽃 화자 노래

150 화전놀이의 마무리

덴동어미화전가

화전놀이 준비

가세 가세 화전을 가세
꽃 지기 전에 화전 가세.
이때가 어느 땐가
때마침 삼월이라
봄의 신이 은택 펴니
따뜻하여 때가 맞고
꽃바람이 화공(畵工) 되어
만화방창(萬化方暢) 단청 같네.
이런 때를 잃지 말고
화전놀이 하여 보세.
문밖출입 안 하다가
소풍도 하려니와
우리 비록 여자라도
흥취 있게 놀아 보세.

어떤 부인은 마음이 커서

가루¹⁻ 한 말 퍼 내놓고

어떤 부인은 마음이 작아

가루 반 되 떠 내주고

그렁저렁 주워 모으니

가루가 닷 말 가웃²⁻이네.

어떤 부인은 참기름 내고

어떤 부인은 들기름 내고

어떤 부인은 많이 내고

어떤 부인은 적게 내니

그렁저렁 주워 모으니

기름 반 동이 다 되누나.

놋 소래기³⁻ 두세 채라

짐꾼 없어 어이할꼬.

상단아 널랑 기름 이어라.

삼월이 불러 가루 이어라.

취단일랑 가루 이고

향단이는 놋 소래기 이어라.

1_ 가루: 화전 부치는 데 쓸 찹쌀가루.
2_ 가웃: 되나 말을 셀 때 그 단위의 약 반에 해당하는 분량이 더 있음을 나타내는 말.
3_ 소래기: 굽이 없는 널찍한 그릇.

열여섯 열일곱 살 새 신부는

갖은 단장 제대로 한다.

청실홍실 감아 들고

눈썹을 그려 내니

가는 붓으로 그린 듯이

아미 팔자[4] 어여쁘다.

양색단[5] 겹저고리

길상사[6] 고쟁이

잔줄 누비[7] 겹허리띠

맵시 있게 잘끈 매고

광월사[8] 치마 분홍 밑단

툭툭 털어 둘러 입고

머리는 곱게 빗어

잣기름 발라 손질하고

공단댕기 갑사댕기

수부귀(壽富貴) 다남(多男) 딱딱 박아

청구슬 홍구슬 곱게 붙여

착착 접어 곱게 매고

4_ 아미 팔자(蛾眉八字): 아름다운 두 눈썹.
5_ 양색단: 씨실과 날실을 다른 빛깔로 짠 비단.
6_ 길상사: 중국에서 나는 생견(生絹)으로 짠 옷감.
7_ 잔줄 누비: 아주 잘게 누빈 것.
8_ 광월사: 옷감의 한 종류.

금죽절 은죽절[9]- 좋은 비녀

뒷머리에 살짝 꽂고

은장도 금장도 갖은 장도

속고름에 단단히 차고

은조롱 금조롱 갖은 패물

겉고름에 빗겨 차고

일광단 월광단[10]- 머리쓰개

섬섬옥수에 감아 들고

삼승[11]- 버선 수당혜[12]-를

맵시 있게 신었구나.

반만 웃고 썩 나서니

일행 중에 제일일세.

광한전[13]- 선녀가 강림했나

월궁항아[14]-가 하강했나.

있는 부인은 그렇거니와

없는 부인은 그대로 하지.

양대포[15]- 겹저고리

9_ 금죽절 은죽절: 대마디 모양의 금비녀와 은비녀.
10_ 일광단 월광단: 해무늬 비단과 달무늬 비단.
11_ 삼승: 몽고산 무명천.
12_ 수당혜: 수놓은 가죽신.
13_ 광한전: 달 속에 있다는 가상의 궁전.
14_ 월궁항아: 달 속의 선녀.
15_ 양대포: 양달령. 당목과 비슷하지만 두껍고 질긴 천.

솜씨 있게 지어 입고
칠승포¹⁶_에다 갈매물¹⁷_ 들여
일곱 폭 치마 떨쳐입고
칠승포 삼베 허리띠를
모양 있게 둘러 띠고
굵은 무명 겹버선을
쑬쑬하게¹⁸_ 빨아 신고
돈 반짜리¹⁹_ 짚신이라
그도 또한 탈속하다.

열일곱 살 청춘과부
나도 같이 놀러 가지.
나도 인물 좋건마는
단장할 마음 전혀 없어
때나 없이 세수하고
거친 머리 대강 만져
놋 비녀 슬쩍 꽂고
눈썹 그려 무엇 하리.

16_ 칠승포: 결이 고운 무명천. 평안북도 초산과 벽동의 칠승포가 특히 유명했음.
17_ 갈매물: 갈매나무 열매나 잎으로 들인 물.
18_ 쑬쑬하게: 품질이나 수준, 정도 따위가 기대 이상임.
19_ 돈 반짜리: 한 돈 닷 푼짜리.

광당목²⁰_ 반물²¹_치마

끝동²²_ 없는 흰 저고리

흰 고름을 달아 입고

전에 입던 고쟁이 바지

대강대강 수습하니

어련무던 괜찮다네.

건넛집의 덴동어미

엿 한 고리 이고 가서

가지 가지 가고말고

낸들 어찌 안 가리까.

늙은 부녀 젊은 부녀

늙은 과부 젊은 과부

앞서거니 뒤서거니

일자(一字) 행차 장관이라.

20_ 광당목: 광목과 당목. 무명천의 일종.
21_ 반물: 검은빛을 띤 남빛.
22_ 끝동: 옷소매의 끝에 색이 다른 천으로 이어서 댄 부분.

100여 년 전의 어느 봄날, 경상도 순흥에서 여성들만의 화전놀이가 시작되고 있다.

유교의 내외법에 따라 집 안에서만 지내던 전통 시대의 여성들이지만, 그들에게도 일 년에 하루, 집 밖에서의 놀이가 허용되었다. "가세 가세 화전을 가세 / 꽃 지기 전에 화전 가세"라는 빠른 어조에서 화전놀이에 대한 기대와 흥분이 느껴진다.

화전을 부치는 데 필요한 찹쌀가루, 참기름, 들기름, 각종 그릇 등을 모으는 과정과 화전놀이 당일 아침에 몸단장하는 모습이 자세하게 그려지고 있다. 부잣집 새색시의 화려하게 공들인 옷 치장, 넉넉지 않은 여인네의 수수하면서도 맵시 있는 차림새, 청춘과부의 심드렁한 듯한 태도가 모두 재미있다. 부유하건 가난하건, 즐겁건 괴롭건, 늙었건 젊었건, 각자 사정은 다르지만 그래도 함께 모여 화창한 봄날을 한번 만끽하고 싶은 마음은 마찬가지이다.

이 마을에 사는 덴동어미도 "가지 가지 가고말고 / 낸들 어찌 안 가리까" 말하며 엿 한 고리를 머리에 이고 신나게 화전놀이

에 나서고 있다. 화창한 봄날, 수십 명의 여성들이 몸단장을 하
고 진달래꽃이 만발한 산길을 줄지어 가는 모습은 정겹고도 아
름답다.

봄날의 화전놀이

순흥[1]이라 비봉산은
이름 좋고 놀이 좋아
골골마다 꽃빛이요
등등마다 꽃이로세.
호랑나비 범나비야
우리와 함께 화전하나
두 나래를 툭툭 치며
꽃송이마다 찾아드네.
사람 간 곳에 나비 가고
나비 간 곳에 사람 가니
이리 가나 저리로 가나
간 곳마다 동행하네.

꽃아 꽃아 두견꽃아
네가 진실로 참꽃[2]이다.

1_ 순흥: 현재 경상북도 영주시 순흥면.
2_ 참꽃: 진달래꽃.

산으로 일러 두견산은

귀촉도 귀촉도 관중이요[3]

새로 일러 두견새는

불여귀 불여귀 산중이요[4]

꽃으로 일러 두견화는

불긋불긋 만산(滿山)이라.

곱고 곱다 참꽃이요

사랑하다 참꽃이요

탕탕하다 참꽃이요

색색하다 참꽃이라.

치마 앞에도 따 담으며

바구니에도 따 담으니

한 줌 따고 두 줌 따니

봄빛이 채롱에 드네.

좋은 송이 뚝뚝 꺾어

양쪽 손에 갈라 쥐고

잡아 뜯을 맘 전혀 없어

3_ 귀촉도(歸蜀道) 귀촉도(歸蜀道) 관중(關中)이요: '귀촉도'는 '촉 땅으로 돌아가겠
다'는 뜻. 두견새의 울음을 형용하는 말. '관중'은 중국 섬서성 지방.

4_ 불여귀(不如歸) 불여귀(不如歸) 산중(山中)이요: '불여귀'란 '돌아감만 못하다'는
뜻. 소쩍새의 울음소리를 가리킴. 촉(蜀)의 군주 망제(望帝)는 왕위를 신하에게 빼
앗기고 멀리 도망갔다가, 돌아와 복위하려고 했으나 뜻을 이루지 못하고 죽었다. 그
혼이 소쩍새가 되었는데, 그 울음소리가 '불여귀' 또는 '귀촉도'로 들렸다는 전설이
있다.

향기롭고 이상하다.
손으로 답삭 쥐어도 보고
몸에도 툭툭 털어 보고
낯에다 살짝 대어 보고
입으로 함박 물어 보고
저기 저 새댁 이리 오게
고와라 고와 꽃도 고와.
비단처럼 고운 빛은
자네 얼굴 비슷하이.
방실방실 웃는 모양
자네 모양 방불하이.
기다란 꽃술은
자네 눈썹 똑같으네.
아무래도 딸 맘 없어
뒷머리에 살짝 꽂아 두니
앞으로 보아도 화용(花容)이요
뒤로 보아도 꽃이로다.

상단이는 꽃 데치고

삼월이는 가루즙 풀고

취단이는 불 넣어라

향단이가 떡 굽는다.

맑은 시내 너른 바위에

노소(老少)를 갈라 자리 만들고

꽃떡을 일변 드리는데

노인 먼저 드리어라.

엿과 떡과 함께 먹으니

향기의 감미가 더욱 좋다.

배부르게 실컷 먹고

서로 보고 하는 말이

일 년 일 차 화전놀이

여자 놀이 중 제일일세.

노고지리 쉰 길[5] 떠서

빌빌 밸밸 피리 불고

오고 가는 뻐꾹새는

5_ 쉰 길: 오십 길. 여기서는 아주 높은 곳을 가리킴.

벅궁 벅궁 법고[6] 치고

봄빛 뽐내는 꾀꼬리는

좋은 노래로 벗 부르고

호랑나비 범나비는

머리 위에 춤을 추고

말 잘하는 앵무새는

잘도 논다 치하하고

천년 화표 학두루미[7]

요지연[8]인가 의심하네

어떤 부인은 글 용해서

「내칙편」[9]을 외워 내고

어떤 부인은 흥이 나서

「칠월편」[10]을 노래하고

어떤 부인은 목청이 좋아

화전가를 잘도 읊네.

그중에도 덴동어미

멋있게도 잘도 놀아

6_ 법고: 농악에 쓰이는 작은 북. 방언으로 '버꾸'라고 한다.
7_ 천년 화표 학두루미: 천년 만에 돌아온 화표(華表) 위의 학두루미. 요동 사람 정령위 (丁令威)가 도를 닦아 신선이 되었는데 나중에 학이 되어 성문 화표주 위에 날아왔 다는 전설이 있다. '화표'는 궁전이나 성벽·능묘 앞에 장식을 겸하여 세운 거대한 기둥.
8_ 요지연(瑤池淵): 중국 곤륜산에 있다는 못.
9_ 「내칙편」(內則篇): 『예기』의 편명. 여성들이 지켜야 할 유교적 규범을 기록한 글.
10_ 「칠월편」(七月篇): 『시경』의 시.

춤도 추며 노래도 하니
웃음소리 낭자하네.

이날 화전놀이의 장소는 순흥의 비봉산이다. 순흥은 지금의 행정구역으로는 경상북도 영주시에 속하며, 비봉산은 순흥면 내죽리에 있다. 이날 비봉산에는 진달래꽃이 만발하고 나비들이 훨훨 날고 있다.

　화전을 부치기 전에 우선 꽃을 따야 하는데, 진달래꽃의 아름다움에 반해 손에도 쥐어 보고, 몸에도 털어 보고, 낯에도 대어 보고, 입에도 물어 보고, 서로의 얼굴에 견주어 보기도 하고, 머리에 꽂아 보기도 한다. 흔하다면 흔하다고도 할 수 있는 봄꽃에 이처럼 감동하고 이처럼 황홀해하는 마음이 천진하고 아름답다. 일상의 의무와 관습의 굴레에서 벗어난 여성들의 본래 마음이란 바로 이런 것일 터이다. 꽃을 좋아하고, 다른 사람을 꽃처럼 여기며, 자신도 덩달아 꽃이 되는 마음.

　화전을 부쳐서 다 함께 배불리 먹고 나니, 포만감과 즐거움이 넘친다. 노고지리는 피리를 불고, 뻐꾹새는 작은 북을 치고, 나비는 춤을 추고, 앵무새는 칭찬한다. 마치 봄의 교향악을 연주하고 즐기는 것처럼, 봄날의 온갖 존재들이 함께 어우러진 기

뽐을 이처럼 생동감 있게 표현했다. 홍이 나서 글을 외는 사람, 노래하는 사람, 춤을 추는 사람, 모든 사람이 봄을 기뻐하고, 모든 존재가 봄을 구가한다. 덴동어미는 그중에서도 특히 멋있게 잘도 논다고 했다.

전통 시대 여성들만의 놀이 현장이 이처럼 생생하게, 이처럼 밝고도 환하게 그려진 경우는 상당히 드물고, 그래서 더욱 특별하다.

청춘과부의 설움

그중에도 청춘과부
눈물 콧물 구지레하다.
한 부인이 이른 말이
"좋은 풍경 좋은 놀이에
무슨 근심 대단해서
눈물 한숨 웬일이오?"

비단 수건으로 눈물 닦고
"내 사정을 들어 보소.
열네 살에 시집올 때
청실홍실 늘인 인정
헤어지지 말자 맹세하고
백 년이나 사쟀더니
겨우 삼 년 동거하고
영결종천¹ 이별하니

1_ 영결종천(永訣終天): 죽어서 영원히 이별함.

임은 겨우 십육 세요
나는 겨우 십칠 세라.
선풍도골 우리 낭군
어느 때나 다시 볼꼬.
방정맞고 가련하지
애고애고 답답하다.
십육 세 요절 임뿐이요
십칠 세 과부 나뿐이지.

삼사 년이 지났으나
마음에는 안 죽었네.
이웃 사람 지나가도
서방님이 오시는가.
새소리만 귀에 오면
서방님이 말하는가.
그 얼굴이 눈에 삼삼
그 말소리 귀에 쟁쟁.
탐탐하던² 우리 낭군

2_ 탐탐하던: 마음에 들어 즐겁고 좋던.

자나 깨나 잊을쏜가.
잠이나 자주 오면
꿈에나 만나지만
잠이 와야 꿈을 꾸지
꿈을 꿔야 임을 보지.

간밤에야 꿈을 꾸니
정든 임을 잠깐 만나
온갖 정담 다 하렸더니
한바탕 이야기 채 못하고
꾀꼬리 소리에 깨달으니
임은 정녕 간 곳 없고
촛불만 깜박깜박
아까 울던 저놈의 새가
자네는 듣고 좋다 하되
나와는 백년 원수로세.
어디 가서 못 울어서
구태여 내 단잠 깨우는고.

이내 마음 둘 데 없어
이리저리 바장이던 차에
화전놀이 좋다기에
심회를 조금 풀까 하고
자네를 따라 참여하니
일마다 슬픔뿐이로세.
보나니 족족 눈물이요
듣나니 족족 한숨이네.
천하 만물이 짝이 있건만
나는 어찌 짝이 없나?
새소리 들어도 마음이 재 같고
꽃 핀 걸 보아도 비창하네.
애고 답답 내 팔자야
어찌하여야 좋을 거나.
가자 하니 말 아니요
아니 가고는 어찌할꼬."

사람들은 물론이거니와 꽃과 새와 나비까지 모두 즐거워하는 봄놀이에 오직 한 사람만이 눈물 콧물 흘리며 슬퍼하고 있다. 이 사람은 아마도 앞서 나온 청춘과부와 동일한 사람인 듯하다. 몸단장할 마음조차 없어 대강 세수나 하고, 놋 비녀를 꽂고 흰 저고리에 흰 고름 달고, 꽃놀이에 참여한 열일곱 살의 그 청춘과부다.

모두 한동네 사람이니, 이 사람의 속사정을 대강 짐작은 할 것이다. 그렇지만 "좋은 풍경 좋은 놀이에 / 무슨 근심 대단해서 / 눈물 한숨 웬일이오?" 짐짓 이렇게 묻고 있다. 상대방의 슬픔에 귀 기울이고 위로하려는 마음이 넌지시 느껴진다. 옛사람들은 이처럼 다른 사람의 마음에 대해 무심하지도 않지만 야단스럽지도 않다. 무심한 듯 다정하고, 조심스런 듯 은근하다.

자신의 말을 들어 줄 누군가를 기다렸다는 듯이 청춘과부는 꽃다운 나이에 사랑하는 남편을 잃은 자신의 처지를 곧바로 사설처럼 풀어내고 있다. "잠이나 자주 오면 / 꿈에나 만나지만 / 잠이 와야 꿈을 꾸지 / 꿈을 꿔야 임을 보지"라는 말에서 그리움과 슬픔에 사로잡힌 불면의 밤이 잘 느껴진다.

마음이 좀 풀릴까 하여 화전놀이에 참여했지만, 청춘과부에게는 "보나니 족족 눈물이요/듣나니 족족 한숨"일 뿐이다. 그래서 울고 그래서 슬프다는 것이다. 온 세상의 즐거움으로도 단 한 사람의 슬픔을 위로하기가 쉽지 않다. 세상의 즐거움으로 인해 나의 슬픔이 더욱 도드라지기 때문이다.

유교 국가 조선은 여성들에게 삼종지도(三從之道)를 강요하면서도, 따라야 할 남편도 없고, 의지해야 할 아들도 없는, 젊은 과부들의 삶에 대해서는 침묵했다. 이 청춘과부는 남편을 잃은 슬픔도 슬픔이지만, 여필종부(女必從夫)의 사회적 통념 속에서 자신이 감내해야만 하는 고독과 소외, 어떤 희망도 없는 자신의 미래 때문에 더욱더 슬픈 건지도 모른다.

덴동어미의 첫 결혼

덴동어미 듣고 있다
썩 나서며 하는 말이
가지 마오, 가지 마오,
제발 부디 가지 말게.
팔자 한탄 없을까마는
가단 말이 웬 말이오?
잘 만나도 내 팔자요
못 만나도 내 팔자지.
백년해로도 내 팔자요
십칠 세 청상도 내 팔자요.
팔자가 좋을 양이면
십칠 세에 청상 될까?
신명도망¹ 못 할지라
이내 말을 들어 보소.

1_ 신명도망: 자기의 신명, 즉 운명이나 팔자로부터 도망을 침.

나도 본디 순흥 읍내
임이방의 딸일러니
우리 부모 사랑하사
어리장고리장 키우다가
열여섯에 시집가니
예천 읍내 그중 큰 집에
행장 차려 들어가니
장이방의 집일러라.
서방님을 잠깐 보니
준수 비범 풍후하고
시부모께 현알(見謁)하니
사랑하시는 맘 거룩하다.
그 이듬해 처가 오니
때마침 단오더라.
삼백 장(丈) 높은 가지
그네를 뛰다가
그넷줄이 떨어지며
공중에 메쳐 박으니

그만에 박살이라

이런 일이 또 있는가?

신혼 정이 미흡한데

십칠 세에 과부 됐네.

호천통곡[2] 슬피 운들

죽은 낭군 살아올까.

한숨 모아 대풍 되고

눈물 모아 강수 된다.

주야 없이 하 슬피 우니

보는 이마다 눈물짓네.

시부모님 하신 말씀

"친정 가서 잘 있거라."

나는 아니 갈라 하니

달래면서 타이르니

할 수 없어 허락하고

친정이라고 돌아오니

삼백 장이나 높은 나무

나를 보고 흐느끼는 듯

2_ 호천통곡(呼天痛哭): 하늘을 부르며 울부짖음.

떨어지던 곳, 임의 넋이
나를 보고 우니는 듯.
너무 답답 못 살겠네
밤낮으로 통곡하니
양쪽 부모 의논하여
상주 읍내 중매하네.

청춘과부의 말에 귀 기울이던 덴동어미가, "가지 마오, 가지
마오, / 제발 부디 가지 말게", 이렇게 청춘과부를 만류하면서
자신의 기나긴 인생 유전 이야기를 시작하고 있다. 덴동어미가
나서서 이야기를 하는 것은 자신의 슬픔과 고통을 들려줌으로
써 상대방을 위로하려는 것이다. 타인을 위로하기 위해 자신의
상처를 드러내 보이는 것! 따뜻한 인간애는 종종 이런 방식으
로 표현된다. 한 사람의 슬픔은 세상의 더 큰 슬픔을 통해 위로
받을 수 있기 때문이다.

그러니 지금 노년에 접어든 덴동어미가 하려는 이야기는, 청
춘과부의 경우보다 더욱 가혹하고 잔인한 슬픔과 고통의 이야
기가 될 것처럼 여겨진다.

덴동어미는 순흥의 아전 집안 딸이었는데, 열여섯 살에 예천
의 아전 집안으로 시집을 갔다. 그녀에게는 행복한 미래가 약속
된 듯했다. 그러나 결혼한 이듬해 단옷날, 그네를 타다가 줄이
끊어지는 바람에 남편이 그만 죽고 말았다. 젊은 아내가 그네
타는 걸 옆에서 지켜보며, 줄을 잡아 주기도 하고, 그네를 밀어

주기도 하다가, 더 높이 잘 뛰어 보라며 남편이 몸소 그네를 타게 된 건지도 모른다. 단옷날 함께 깔깔 웃으며 그네 타는 젊은 부부의 모습이 어른거린다. 그런 행복의 순간에 갑자기 참혹한 불행이 덮친 것이다. 느닷없는 남편의 죽음으로 인해 이후 덴동어미는 불행 속으로 내동댕이쳐지게 된다. 우연한 사고 하나로 인해 인생이 송두리째 바뀌게 되는 것이다.

아직은 어린 새색시였던 덴동어미가 받은 충격과 슬픔은 "한숨 모아 대풍 되고 / 눈물 모아 강수 된다. / 주야 없이 하 슬피 우니 / 보는 이마다 눈물짓네"라는 표현 그대로였을 것이다. 아직은 너무 젊은 나이였기에, 양가가 의논하여 덴동어미를 개가시키기로 하였다. 덴동어미는 별다른 저항 없이 집안의 의사에 따라 개가한 것으로 보인다. 자기가 하려고만 했다면, 덴동어미는 수절할 수 있었을 지도 모른다. 그러나 그녀는 그렇게 하지 않았다. 훗날 덴동어미는 이 점에 대해 깊은 회한을 토로하게 된다.

덴동어미의 재혼

이상찰의 며느리 되어
이승발[1] 후취로 들어가니
가세도 웅장하고
시부모님도 자애롭고
낭군도 출중하고
인심도 거룩하되
매양 앉아 하는 말이
이포[2]가 많아 걱정하더니
해로 삼 년이 못다 가서
성 쌓던 조사또 도임하여
엄형(嚴刑)을 가하며 수금하고
수만 냥 이포를 추어내니

남전북답 좋은 전지
추풍낙엽 떠나가고

1_ 승발: 상찰과 승발은 아전의 한 부류임.
2_ 이포(吏逋): 아전이 공금을 사사로이 가져다 쓴 빚.

안팎 줄행랑 큰 기와집도

하루아침에 남의 집 되고

앞닫이[3] 등, 맞은켠 뒤주며

큰 황소 적토마[4] 서산나귀[5]

대양푼 소양푼 세숫대야

큰 솥 작은 솥 단밤가마[6]

놋 주걱 술구기[7] 놋 쟁반에

옥 식기 놋 주발 실굽달이[8]

개다리소반 옷걸이며

대병풍 소병풍 산수병풍

자개 함농 반닫이에

무쇠 가마솥 다리쇠[9] 받쳐

쌍룡 그린 빗접고비[10]

걸쇠[11] 등잔 놋 등잔에

백동 재판[12] 청동화로

요강 타구[13] 재떨이까지

용두머리[14] 장목비[15] 아울러

아주 훨쩍 다 팔아도

3_ 앞닫이: 반닫이의 일종.
4_ 적토마: 매우 빠르고 좋은 말. 원래는 중국의 항우가 타던 말의 이름.
5_ 서산나귀: 보통 당나귀보다 조금 더 큰, 중국산 나귀.
6_ 단밤가마: 조그만 가마솥.
7_ 술구기: 독이나 항아리에서 술을 풀 때 쓰는 기구.
8_ 실굽달이: 실굽이 달려 있는 그릇.
9_ 다리쇠: 주전자나 냄비 따위를 화로 위에 올려 놓을 때 걸치는 기구.
10_ 빗접고비: 빗이나 빗솔, 동곳 등을 넣어 두는 가구.
11_ 걸쇠: 병머리에 그리는 무늬의 일종.

수천 냥 돈이 모자라서
일가친척까지 물리게 하니
삼백 냥 이백 냥 일백 냥에
하지하(下之下)가 쉰 냥이라.
어느 친척이 좋다 하며
어느 일가가 좋다 하리.

사오만 냥을 쏟아 부어
공채필납[16] 하고 나니
시아버님은 장독[17]이 나서
일곱 달 만에 상사(喪事) 나고
시어머님이 화병 나서
초상 치른 후에 또 상사 나니
근 이십 명 남녀 노비
시실새실 다 나가고
시동생 형제 가출하고
다만 우리 내외만 있어
남의 건넌방 빌어 있어

12_ 재판: 담배통, 재떨이, 타구, 요강 등을 놓기 위해 깔아 두는 판.
13_ 타구: 침 뱉는 그릇.
14_ 용두머리: 베틀 앞다리 위 끝에 얹는 나무.
15_ 장목비: 꿩의 꽁지깃을 묶어 만든 비.
16_ 공채필납(公債畢納): 관가에 진 빚을 다 갚음.
17_ 장독: 매를 심하게 맞아 생긴 상처의 독.

살림살이 하자 하니
콩이나 팥이나 양식 있나
질노구[18] 바가지 그릇이 있나
누가 날 보고 돈 줄 건가
하는 두수[19] 다시없네.

하루 이틀 굶고 보니
생목숨 죽기가 어려워라.
이 집에 가 밥을 빌고
저 집에 가 장을 빌어
일정한 거처도 없이
그리저리 지내 가니
일가친척은 나을까 하고
한 번 가고 두 번 가고 세 번 가니
두 번째는 눈치가 다르고
세 번째는 말을 하네.
우리 덕에 살던 사람
그 친구를 찾아가니

18_ 질노구: 흙을 구워 만든 노구솥.
19_ 두수: 이렇게도 저렇게도 할 수 있는 방도.

그리 여러 번 안 왔건만
안면박대 바로 하네.
"무슨 신세를 많이 져서
그저께 오고 또 오는가."

우리 서방님 울적하여
이역스럼[20]을 못 이겨서
그 방 안에 뒹굴면서
가슴을 치며 통곡하네.
"서방님아 서방님아 울지 말고
우리 둘이 가다 보세.[21]
이게 다 없는 탓이로다.
어디로 가든지 벌어 보세."

20_ 이역스럼: 속에서 뻗치는 울화.
21_ 가다 보세: '가 보세'라는 뜻.

덴동어미는 경상북도 상주에 사는 이이방 집안으로 개가하였다. 비록 후취였지만 시집은 부자였고, 시부모도 너그러웠다. 하지만 이포(吏逋) 때문에, 결국 온 집안이 결딴나고 말았다. 이포는 아전이 관가의 공금이나 곡식을 사사로이 축내는 것을 말한다. 이포는 조선 후기 지방관아에 만연한 비리로서, 큰 사회적 문제가 되어 있었다. 덴동어미의 시댁 어른들도 공금을 이용해 돈놀이를 하는 등의 치부를 했고, 그 과정에서 큰 빚을 졌던 것으로 추측된다.

　새로 부임한 사또가 이포를 물어내라며 엄한 형벌을 내렸고, 한꺼번에 큰 빚을 갚느라 순식간에 집안이 풍비박산이 되었다. 전답과 가옥을 다 날리고, 이런저런 가재도구까지 깡그리 팔아치우고, 친척들에게까지 빚을 물리게 된다. 결국 시부모는 세상을 떠나고, 대가족이 뿔뿔이 흩어지는데, 그 과정이 핍진하게 그려지고 있다.

　완전히 빈털터리가 된 덴동어미 부부는 마침내 고향을 떠난다. 첫 남편을 잃은 상처가 채 아물기도 전에, 파산으로 인한 경제적 고통이 덴동어미를 엄습하고 있다. 비록 덴동어미 자신의 잘못은 없었지만, 가족들이 잘못된 관행에 따라 부정한 방법으로 부를 축적하였고, 그것이 불행의 원인이 된 것이다.

경주의 객줏집살이

전전걸식 가노라니
경주 읍내 당도하여
주인 불러 찾아드니
손군노¹⁻의 집이로다.
둘러보니 큰 객주에
오가는 사람 분주하다.
부엌으로 들이달아
설거지를 걸씬하니²⁻
모은 밥을 많이 준다.
양주(兩主) 앉아 실컷 먹고
아궁이에나 자려 하니
주인마누라 후하기로
"아궁이에 어찌 자려는가
방에 들어와 자고 가게."
중노미³⁻ 불러 당부하되

1_ 군노: 군뢰(軍牢). 군아(軍衙)에 딸린 종.
2_ 걸씬하니: 어떤 일을 조금 하니.
3_ 중노미: 여관 같은 데서 허드렛일을 하는 남자.

"아까 그 사람 불러들여
봉놋방⁴ 재우라" 당부하네.

재삼 절하고 치사하니
주인마누라 가엾게 여겨
곁에 앉히고 하는 말이
"그대 양주를 아무리 봐도
걸식할 사람 아니로세.
본디 어느 곳 살았으며
어찌하여 저리 됐나?"
"우리는 본디 살기는
상주 읍내 살다가
신명팔자 괴이하고
집안에 큰 화 당하여서
다만 두 몸이 살아나
이렇게 걸식하나이다."
"사람을 보아도 순직하니
안팎 담살이⁵ 있어 주면

4_ 봉놋방: 여러 나그네가 한데 모여 자는, 주막집의 가장 큰 방.
5_ 담살이: 더부살이.

바깥사람은 일백오십 냥 주고
자네 새경6은 백 냥 줌세.
내외 새경을 합하고 보면
이백쉰 냥 아니 되나.
신명은 조금 고되나마
의식이야 걱정인가."
"내 맘대로 어찌 하오리까
가장과 의논하사이다."

이내 봉놋방 나가서
서방님을 불러내어
서방님 소매 부여잡고
정다이 일러 하는 말이
"주인마누라 하는 말이
안팎 담살이 하여 주면
이백오십 냥 준다 하니
허락하고 있사이다.
나는 부엌어미 되고

6_ 새경: 한 해 동안 일해 준 댓가로 머슴에게 주는 돈이나 물건.

서방님은 중노미 되어
다섯 해 작정만 하고 보면
한 만 금을 못 벌리까?
만 냥 돈만 벌고 나면
그런대로 고향 가서
이전만큼은 못 살아도
남에게 천대는 안 받으리.
서방님은 허락하고
지성으로 버사이다."

서방님이 내 말 듣고
둘의 낯을 한데 대고
눈물 뿌려 하는 말이
"이 사람아 내 말 듣게.
임상찰의 따님이요
이상찰의 아들로서
돈도 돈도 좋지마는
내사 내사 못하겠네.

그런대로 다니면서
빌어먹다가 죽고 말지.
아무리 신세가 곤궁하나
군노 놈의 사환 되어
한 수만 까딱 잘못하면
무지한 욕을 어찌 볼꼬.
내 심사도 할 말 없고
자네 심사 어떠할꼬."

나도 울며 하는 말이
"어찌 생전에 빌어먹소.
사나운 개가 무서워라
뉘가 밥을 좋아 주나.
밥은 빌어먹으나마
옷은 뉘게 빌어입소.
서방님아 그런 말 말고
이전 일도 생각하게.
팔십 년 궁하던 강태공[7]도

7_ 강태공: 중국 주(周)나라의 정치가인 태공망(太公望) 여상(呂尙).

52

십 년 동안 낚시질하다가

주 문왕(周文王)을 만난 후에

부귀하게 되었고

표모기식(漂母寄食)[8] 한신(韓信)이도

악소배에게 욕보다가

한 고조(漢高祖)를 만난 후에

한중대장(韓中大將) 되었으니

우리도 이리 해서

벌어 가지고 고향 가면

이방을 못하며 호장을 못하오

부러울 게 무엇이오?"

우리 서방님 하신 말씀

"나는 하자면 하지마는

자네는 여인이라

내 마침 모르겠네."

"나는 조금도 염려 말고

그리 작정하사이다."

8_ 표모기식(漂母寄食): 빨래하는 할미에게 밥을 빌어먹음. 중국의 한신(韓信)이 불우
했던 젊은 시절에 빨래하는 할미에게 밥을 얻어먹은 적이 있음.

주인 불러 하는 말이
"우리 사환 할 것이니
이백 냥은 우선 주고
쉰 냥일랑 갈 제 주오."
주인이 웃으며 하는 말이
"심부름만 잘하고 보면
칠월 벌이 잘된 후에
쉰 냥 돈을 더 주리라."

행주치마 떨쳐입고
부엌으로 들이달아
사발 대접 종지 접시
몇 죽9_ 몇 개 헤아려서
날마다 정돈하며
솜씨 나게 잘도 한다.
우리 서방님 거동 보소
돈 이백 냥 받아 놓고
일수 월수 체계10_ 놓아

9_ 죽: 옷이나 그릇 등의 열 벌을 한 단위로 세는 말.
10_ 체계(遞計): 장체계. 장에서 비싼 이자로 돈을 꾸어 주고, 장날마다 본전의 일부와
이자를 받는 것.

제 손으로 기록하여
주머니 속에 간수하고
석 자 수건 머리에 두르고
마죽 쑤기 소죽 쑤기
마당 쓸기 봉당 쓸기
상 들이기 상 내기와
오면가면 걷어치운다.
평생에도 아니 하던 일
눈치 보아 잘도 하네.
삼 년을 지내고 보니
만여 금 돈 되었구나.
우리 내외 마음 좋아
다섯 해까지 갈 것 없이
돈 추심을 알뜰히 하여
내년에는 돌아가리.

덴동어미 부부는 고향을 떠나 경주에까지 이르렀다. 상주는 경상북도 북서부에 있고 경주는 남동부에 있으니, 당시로는 상당히 먼 길을 전전걸식하며 떠돌아다닌 것이다. 이전에는 중인 신분의 부잣집 며느리였지만, 이제 덴동어미는 최하층의 빈민으로 전락하였다.

경주의 큰 객줏집 안주인이 덴동어미에게 안팎 더부살이를 권하였다. 객줏집 주인은 군노였다. 군노란 지방 군문에 소속된 종을 가리킨다. 덴동어미의 남편은 차라리 빌어먹다 죽고 말지, 군노 놈의 사환이 될 수는 없다며 눈물을 흘린다. 아직은 낯설고 가혹한 자신들의 새로운 현실 앞에, 함께 얼싸안고 우는 젊은 부부의 모습이 핍진하다. 남편은 과거의 신분 의식을 아직 떨치지 못해 괴로워하고 있지만, 단지 그것 때문만은 아니다. "내 심사도 할 말 없고 / 자네 심사 어떠할꼬"라든가, "나는 하자면 하지마는 / 자네는 여인이라 / 내 마침 모르겠네"라는 말에서 비록 망했지만 아내에게만은 차마 천하고 힘든 일을 시키고 싶지 않은 남편의 마음이 드러난다. 그런 남편을 덴동어미는 만

단으로 달래며, 재기의 희망을 일깨우고 있다. 남편의 소매를 붙잡고 정답게 말하는 모습이나, 서로 얼굴을 맞대고 눈물 흘리며 대화하는 모습에서 부부의 애틋한 정이 느껴진다. 완전히 망해 버렸지만, 서로를 아끼는 마음이 남아 있기에 새로운 희망이 가능한 것이다.

덴동어미는 부엌일을 도맡아 하고, 남편은 온갖 허드렛일을 도맡아 하며, 한편으론 자신들의 품삯으로 일수, 월수, 체계, 갖은 돈놀이를 알뜰하게 하는 모습에서 고향에 돌아가 다시 행복하게 살아 보겠다는 굳은 결심이 뚜렷하다. 이들의 더부살이 모습을 통해 조선 후기 서민 생활의 한 단면을 보게 되는 것도 무척 흥미롭다.

두 번째 남편과의 사별

병술년[1] 괴질[2] 닥쳤구나.

안팎 식솔 삼십여 명이

함빡 모두 병이 들어

사흘 만에 깨어나 보니

삼십 명 식솔 다 죽고서

주인 하나 나 하나뿐이라.

수천 호가 다 죽고서

살아난 이 몇 없다네.

이 세상 천지간에

이런 일이 또 있는가.

서방님 시신 틀어잡고

기절하여 엎드려져서

아주 죽을 줄 알았더니

겨우 정신을 차리었네.

1_ 병술년: 1886년으로 추정됨.

2_ 괴질(怪疾): 콜레라. 콜레라를 '호열자', '괴질', '윤질'이라고 하였음.

"애고애고 어쩔거나
가엾고도 불쌍하다.
서방님아 서방님아
아주 벌떡 일어나게.
천유여 리 타관 객지
다만 내외 와서 있다
나만 하나 이곳 두고
죽단 말이 웬 말인가.
죽어도 같이 죽고
살아도 같이 살지.
이내 말만 명심하여
삼사 년 근사[3] 헛일일세.
귀한 몸이 천인 되어
만여 금 돈을 벌었더니
일수 월수 장변[4] 체계
돈 쓴 사람이 다 죽었네.
죽은 낭군이 돈 달라고 하나
죽은 사람이 돈을 주나.

3_ 근사: 맡은 일을 힘써 함.
4_ 장변(場邊): 장에서 꾸는 돈의 이자.

59

돈 낼 놈도 없거니와
돈 받은들 무엇 할꼬.
돈은 같이 벌었으나
서방님 없이 쓸데없네.

애고애고 서방님아
살뜰히도 불쌍하다.
이럴 줄을 짐작하면
천한 일을 아니하시.
오 년 작정 하올 적에
잘 살자고 한 일이지.
울면서 마다할 적에
무슨 대수⁵ 로 우겼던고.
군노 놈의 무지 욕설
꿀과 같이 달게 듣고
물불을 가리지 않고
일호라도 안 어겼네.
일정지심(一定之心) 먹은 마음

5_ 대수: 대단한 일. 중요한 일.

한번 살아 보쟀더니
조물이 시기하고
귀신도 야속하다.
전생에 무슨 죄로
이생에 이러한가.
금도 돈도 내사 싫어
서방님만 일어나게."

아무리 호천통곡한들
사자(死者)는 불가부생(不可復生)이라.
아무래도 할 수 없어
그렁저렁 장사(葬事)하고
죽으려고 애를 써도
산목숨 못 죽어서
억지로 못 죽고서
또다시 빌어먹네.

삼사 년 갖은 고생 끝에 한밑천 마련하였고, 이제 고향에 돌아갈 날을 목전에 둔 바로 그때, 엄청난 불행이 다시 덴동어미를 덮쳤다. '병술년 괴질'로 남편이 그만 죽은 것이다. 병술년 괴질은 1886년에 유행한 콜레라를 가리키는 듯하다. 조선에서는 1821년에 처음 콜레라가 창궐했는데, 당시 정부 통계 15만 명, 민간 추산 수십만 명이 죽었다. 그러니 병술년에도 경주 읍내 수천 호가 다 죽고 살아난 사람이 몇 안 된다는 덴농어미의 말이 결코 과장은 아닐 것이다.

　죽은 남편의 시신을 붙들고 덴동어미가 쏟아 내는 넋두리는 참으로 애절하다. 남편도 죽고, 빚 준 사람도 다 죽어, 다시 빈털털이에 외톨이가 되었건만, 정작 덴동어미가 그토록 가엾고 불쌍하게 여기는 것은 자기 자신이 아니라 죽은 남편이다. 거듭해서 "애고애고 어쩔거나 / 가엾고도 불쌍하다", "애고애고 서방님아 / 살뜰히도 불쌍하다"며 천한 일 못하겠다는 남편을 자기가 우겨서 일하자고 한 것을 후회하고, 타향에서 힘들게 일만 하다 죽은 남편에 대한 깊은 연민을 토로하고 있다. 이런 넋

두리에서도 덴동어미의 고운 심성과 남편에 대한 사랑이 드러
난다.

남편을 잃은 슬픔은 이루 말할 수 없지만, 말 그대로 "죽으려
고 애를 써도/산목숨 못 죽어서/억지로 못 죽고서" 덴동어미
는 또다시 홀로 떠도는 신세가 되었다. 아무리 큰 슬픔을 겪을
지라도 산 사람은 다시 목숨을 연명할 수밖에 없다는 삶의 진실
을 간명하고도 함축적으로 표현하고 있어, 살아 있음의 허망함
과 무정함을 느끼게 한다.

황도령의 인생 유전

이 집 가고 저 집 가나
임자 없는 사람이라.
울산 읍내 황도령이
날더러 하는 말이
"여보시오 저 마누라
어찌 그리 설워하오?"
"하도나 신세 곤궁키로
이내 마음 비창하오."
"아무리 곤궁한들
나처럼이나 곤궁할까?"

우리 집이 자손 귀해
오대(五代) 독자(獨子) 우리 부친
오십이 넘도록 자식 없어
일생 한탄 무궁하다가

쉰다섯에 날 낳으니
육대 독자 나 하나라.
손안의 보물 얻은 듯이
안고 업고 키우더니
세 살 먹어 모친 죽고
네 살 먹어 부친 죽네.

가까운 친척 본래 없어
외조모 손에 자라다가
열네 살 먹어 외조모 죽고
열다섯에 외조부 죽고
외사촌 형제 함께하며
삼년상을 지냈는데
남의 빚에 못 견뎌서
외사촌 형제 도망하고
의탁할 곳 전혀 없어
남의 집에 머슴 들어
십여 년을 고생하니

장가 밑천 되었는데

서울 장사 남는다 하여
새경 돈 말짱 추심하여
참깨 열 통 무역하여
대동선[1]에 부쳐 실었네.
큰 북을 둥둥 울리면서
닻 감는 소리 신명난다.
도사공[2]은 키를 잡고
입사공[3]은 춤을 추네.
망망대해로 떠나가니
신선놀음 이 아닌가.

해남관 머리[4] 지나다가
바람 소리 일어나며
왈칵 덜컥 파도 일어
천둥 끝에 벼락 치듯.
물결은 출렁 산더미 같고

1_ 대동선: 대동미를 나르는 데 쓰던 관아의 배.
2_ 도사공: 뱃사공의 우두머리.
3_ 입사공: 사공의 한 부류인 듯함.
4_ 해남관(海南館) 머리: 해남관 언저리. '해남관'은 전라남도 해남군을 가리킴.

하늘은 캄캄 안 보이네.
수천 석 실은 그 큰 배가
회오리바람에 가랑잎 뜨듯
뱅뱅 돌며 떠나가니
살 가망이 있을런가.
만경창파 큰 바다에
가망 없이 떠다니다
한 곳에다 들이 부딪혀
수천 석을 실은 배가
조각조각 부서지고
수십 명 사공들이
홀연 다시 못 볼레라.

나도 역시 물에 빠져
파도머리에 밀려가다
마침 눈을 떠서 보니
배 조각 하나 둥둥 떠서
내 앞으로 들어오니

두 손으로 끌어 잡아
가슴에다 붙여 놓으니
물을 무수히 토하면서
정신을 조금 수습하니
아직 살긴 살았다마는
아니 죽고 어찌할꼬.
오르는 파도 더미 손으로 헤치고
내리는 파도 더미 가만히 있으니
힘은 조금 덜 들지만
몇 달 며칠 기한 있나.
기한 없는 이 바다에
몇 달 며칠 살 수 있나.
밤인지 낮인지 정신없이
기한 없이 떠나간다.
풍랑 소리 벽력 되고
물거품이 운애 되네.
물귀신의 울음소리
응얼응얼 기막힌다.

어느 때나 되었던지
풍랑 소리 없어지고
만경창파 잠을 자고
까마귀 소리 들리거늘
눈을 들어 살펴보니
백사장이 보이는구나.
두 발로 박차며 손으로 헤쳐
백사장 가에 닿는구나.
엉금엉금 기어 나와
정신없이 누웠다가
마음을 단단히 고쳐먹고
다시 일어나 살펴보니
나무도 풀도 돌도 없고
다만 해당화 붉어 있네.
몇 날 며칠 굶었으니
밴들 아니 고플쏜가.
엉금설설 기어가서
해당화 꽃을 따 먹으니

정신이 점점 돌아와서
또 그 옆을 살펴보니
절로 죽은 고기 하나
커다란 게 거기 있구나.
불이 있어 구울 수 있나
생으로 실컷 먹고 나니
본정신이 돌아와서
눈물 울음도 이제 나네.

무인절도 백사장에
혼자 앉아 우노라니
난데없는 어부들이
배를 타고 지나다가
우는 걸 보고 괴히 여겨
배를 대고 나와서는
날 흔들며 하는 말이
"어떻게 된 사람이 혼자 우나?
울음 그치고 말을 해라."

그제야 자세히 돌아보니
육칠 인이 앉았는데
모두 다 어부일러라.
"그대들은 어디 살며
이 섬은 어디요?"
"이 섬은 제주 한라섬이요
우리는 다 정의[5]에 있네.
고기 잡으러 지나다가
울음소리 따라왔네.
어느 곳의 사람으로
무슨 일로 여기 와 우나?"
"나는 본디 울산 살더니
장삿길로 서울 가다가
풍파 만나 파선하고
물결에 밀려 내쳐졌으니
죽었다가 깨어난 사람이
어느 곳인 줄 아오리까?
제주도 우리 조선이라

5_ 정의(旌義): 제주도 남제주 지역의 옛 지명.

가는 길을 인도해 주오."
한 사람이 일어서며
손을 들어 가리키되
"제주 읍내는 저리 가고
대정[6] 정의는 이리 가지."
"제주 읍내로 가오리까?
대정 정의로 가오리까?"
밥과 고기 많이 주며
자세히 일러 하는 말이
"이곳에서 제주읍 가자 하면
사십 리가 넉넉하다.
제주 본관 찾아가서
본 사정을 하소연하면
우선 호구(糊口)할 것이요
고향 가기 쉬우리라."
신신이 당부하고
배를 타고 떠나간다.

6_ 대정(大靜): 현재 제주도 서귀포시 대정읍.

가리키던 그곳으로
제주 본관 찾아가니
본관 사또 들으시고
불쌍하게 생각하사
돈 오십 냥 내리시고
전령7_ 한 장 내주시며
"네 이곳에 있다가
왕래선이 있거들랑
사공 불러 전령 주면
뱃삯 없이 잘 가리라."

그렁저렁 삼 삭 만에
왕래선이 건너와서
고향이라 돌아오니
돈 두 냥이 남았구나.
사기점에 찾아가서
두 냥어치 사기 지고
촌촌가가 도부8_하며

7_ 전령(傳令): 관청의 훈령이나 전명(傳命).
8_ 도부: 이리저리 돌아다니며 물건을 팖.

밥일랑은 빌어먹고
삼사 삭을 하고 나니
돈 열닷 냥 되었건만
삼십 넘은 노총각이
장가 밑천 가망 없네.
애고 답답 내 팔자야
언제 벌어 장가갈꼬?
머슴 살아 사오백 냥
창해일속[9] 부쳐두고
두 냥 밑천 다시 번들
언제 벌어 장가갈까?

9_ 창해일속(滄海一粟): 푸른 바다의 곡식 한 알. 아주 작아 보잘것없음. 흔적도 없음.

홀로 떠돌던 덴동어미는 울산에 이르러 노총각 황도령을 만났다. 두 사람이 처음 만나서 나누는 대화는 참으로 소박해서 더욱 인상적이다. "여보시오 저 마누라 / 어찌 그리 설워하오?" / "하도나 신세 곤궁키로 / 이내 마음 비창하오." / "아무리 곤궁한들 / 나처럼이나 곤궁할까?"

남의 집 처마 밑에서 고달프고 남루한 행색의 나이 든 두 남녀가 쭈그리고 앉아 서로 말을 주고받는 모습이 눈에 선하게 보이는 것 같다. 서러운 사람은 서러운 사람을 알아보는 법이다. 황도령은 그래서 덴동어미에게 말을 걸었고, 덴동어미의 깊은 설움을 위로하기 위해 자신의 과거사를 들려주었다. 마치 덴동어미가 청춘과부를 달래기 위해 자신의 이야기를 꺼낸 것처럼. 깊은 상처는 그걸 이해할 수 있는 사람에게만 내보이게 되는 법이다.

황도령은 조선 후기 가난한 평민 남성의 한 전형이라고 할 수 있다. 어려서 부모를 잃고, 다시 외조부 외조모를 잃고, 그야말로 천애 고아가 되어 남의 집 머슴살이를 전전했고, 참깨 장사를 하려고 탄 배가 풍랑을 만나 난파했으며, 구사일생으로 살아났지만 다시 빈털터리 도붓장사로 생계를 이어 가는 황도령. 그런 가운데서도 인간적인 순박함과 따뜻함을 잃지 않고 덴동어미를 위로하는 그의 심성이 돋보인다.

황도령을 통해서 그려진 민중적 삶의 한 단면은 물론이거니와 황도령의 제주 표류기도 매우 생생하다. 백사장에 홀로 앉아 우는 황도령에게 다가와 말을 건네고 자상하게 조언을 해 주는 제주도 어부들의 인정 어린 모습도 인상적이다.

황도령과 함께한 삶

"그런 날도 살았는데
설워 마오 울지 마오.
마누라도 섧다 하되
내 설움만 못하오리.
여보시오 말씀 듣소
우리 사정 생각해 보면
삼십 넘은 노총각과
삼십 넘은 홀과부라.
총각의 신세도 가련하고
마누라 신세도 가련하니
가련한 사람 서로 만나
같이 늙으면 어떠하오?"

가만히 솜솜 생각하니
먼저 얻은 두 낭군은

번듯한 사대부요

큰 부자의 살림살이

패가망신하였으니

흥진비래(興盡悲來) 그러한가.

저 총각의 말 들으니

육대 독자 내려오다가

죽을 목숨 살았으니

고진감래(苦盡甘來) 할까 보다.

마지못해 허락하고

손잡고서 내가 한 말,

"우리 서로 불쌍히 여겨

허물없이 살아 보세."

영감은 사기 한 짐 지고

골목에서 크게 외치고

나는 사기 광주리 이고

가가호호(家家戶戶) 도부한다.

조석이면 밥을 빌어

한 그릇에 둘이 먹고
남촌 북촌 다니면서
부지런히 도부하나
돈 백이나 될 만하면
둘 중에 하나 병이 난다.
병구완 약치레 하다 보면
남의 신세를 지게 되고
다시 다니며 근근이 모아
또 돈 백이 될 만하면
또 하나가 탈이 나서
한 푼 없이 다 쓰고 마네.
도붓장수 한 십 년 하니
장딴지에 털이 없고
무가지가 자라목 되고
발가락이 무지러졌네.

산 밑의 주막에 묵으면서
궂은 비 실실 오는 날에

건너 동네 도부 가서
한 집 건너 두 집 가니
천둥소리 볶아치며
소나기 비가 쏟아진다.
주막 뒷산이 무너지며
주막 터를 빼내 가지고
동해수로 달아나니
살아날 이 그 누구랴
건니다 바라보니
망망대해뿐이로다.

망측하고 기막힌다
이런 팔자 또 있는가.
남해수에 죽을 목숨
동해수에 죽는구나.
그 주막에나 있었더라면
같이 따라가 죽을 것을.
먼저 괴질에 죽었더라면

이런 일을 아니 볼걸.
금방 죽을 걸 모르고서
천년만년 살자 하고
도부가 다 무엇인가.

도부 광주리 내던지고
하염없이 앉았으니
억장이 무너져 기막힌다.
죽었으면 좋았을 것을
산목숨이 못 죽을레라.

자신의 기구한 인생사를 이야기한 후, 황도령은 다시금 서러 워 말고 울지 말라며 덴동어미를 위로한다. 그리고 가련한 사람 들끼리 함께 살아 보자고 제안한다. 간략하게 서술되었지만, 실 제로는 황도령의 이야기를 듣고, 다시 덴동어미가 자기의 인생 사를 이야기하면서, 서로가 서로에게 공감하고 깊은 연민을 느 끼는 과정이 있었으리라고 짐작할 수 있다. 그런 공감과 연민의 과정이 있었기에 덴동어미가 잠시 생각한 뒤, 황도령의 손을 잡 고 "우리 서로 불쌍히 여겨 / 허물없이 살아 보세"라고 선뜻 말 할 수 있는 것이다.

　황도령과 덴동어미의 만남에서 주목되는 것은 서러운 사연 을 간직한 사람들 사이에 형성되는 유대와 사랑이다. 자기만이 아니라 다른 사람에게도 불행과 상처, 고통과 슬픔이 있다는 것 을 발견할 때, 거기서 사람과 사람 사이의 유대가 형성되곤 하 는 게 아니던가.

　덴동어미와 황도령은 열렬한 감정에 이끌린 것도 아니고, 정 식의 혼례를 거쳐 부부로 결합한 것도 아니다. 두 사람은 최하층의 가난한 남녀가 부부로 결합하는 하나의 방식을 보여 준다. 요즘 사람들은 혹 두 사람의 결합이 사랑과는 거리가 먼 것이라 여길지도 모르겠다. 하지만 남녀 사이의 연애 감정만이 사랑은 아니지 않은가? 물질적으로도 사회적으로도 그리고 마음마저도 가난한 두 남녀가 서로 깊은 연민을 느끼고 함께 손잡고 살아가는 것이야말로, 현실 속의 가난한 사랑 아니겠는가? 황도령과 덴동어미의 인간적 결합은 민중적 언어로 소박하게 표현되었지만 깊은 울림을 준다.

홀로 걸식하며 떠돌던 덴동어미로서는 생계와 생활을 위해 남편이 필요한 측면도 분명 있었을 터이다. 또한 황도령을 통해 다시 한 번 행복해질 수 있지나 않을까 하는, 아주 소박한 희망을 품기도 했던 것이다. 하지만 고난은 끝나 주지 않았다. 혼인 후에도 더욱 힘든 노동의 나날이 계속되었다.

함께 장사를 다니면시, 밥을 빌어 한 그릇에 둘이서 먹고, 돈이 좀 모일 만하면 번갈아 병이 들고, 그렇게 십 년을 고생하니 목이 자라목이 되고 발가락이 무지러졌다고, 덴동어미는 황도령과 함께한 십여 년의 세월을 그렇게 요약하고 있다. 그처럼 간략한 서술에 함축된 고된 노동의 비정함이 심금을 울린다.

그처럼 힘들게 살았는데, 뜻밖의 산사태로 황도령은 자취도 없이 세상을 떠났고, 다시 홀로된 덴동어미의 슬픔이 무척 절절하다.

주인댁의 위로

아니 먹고 굶어 죽으려 하니
그 집 댁네가 강권하네.
"죽지 말고 밥을 먹게
죽은들 시원할까.
죽으면 쓸데 있나
사는 것만 못하니라.
저승을 누가 가 봤는가?
이승만은 못하리라.
고생이라도 살고 보지
죽고 나면 말이 없네."

훌쩍이며 하는 말이
"내 팔자를 세 번 고쳐
이런 액운이 또 닥쳐서
시신도 한번 못 만지고

동해수에 영원히 이별하였으니
애고애고 어찌어찌 살아 볼꼬."

주인댁이 하는 말이
"팔자 한 번 또 고치게.
세 번 고쳐 곤한 팔자
네 번 고쳐 잘 살는지.
세상일은 모르나니
그런대로 살아 보게.

다른 말 할 것 없이
저 꽃나무 두고 보지.
이삼월의 춘풍 불면
꽃봉오리 고운 빛을
벌은 앵앵 노래하며
나비는 펄펄 춤을 추고
나그네는 자주 놀다 가고
산새는 즐겨 노래하네.

오뉴월 더운 날에
꽃은 지고 잎만 남아
녹음이 우거지면
좋은 경치 별로 없다.
팔구월에 추풍 불어
잎사귀조차 떨어진다.
동지섣달 설한풍(雪寒風)에
찬 기운을 못 견디다
다시 춘풍 불어오면
봄비 내리고 온갖 꽃 핀다.

자네 신세 생각하면
설한풍을 만남이라.
홍진비레 하온 후에
고진감래 할 것이니
팔자 한 번 다시 고쳐
좋은 바람을 기다리게.
꽃나무같이 춘풍 만나

가지가지 만발할 제
향기 나고 빛이 난다.
꽃 떨어지자 열매 열고
그 열매가 종자 되어
천만년을 전하나니
귀동자 하나 낳는다면
수부귀(壽富貴) 다자손(多子孫) 하오리다."

"여보시오 그 말 마오.
이십 삼십에 못 둔 자식
사십 오십에 아들 낳아
덕 본단 말 못 들었네.
아들 덕을 볼 터이면
이십 삼십에 아들 낳아
사십 오십에 덕 보지만
내 팔자는 그뿐이오."

"이 사람아 그런 말 말고

이내 말을 자세 듣게.
설한풍에도 꽃 피던가
춘풍이 불어야 꽃이 피지.
때 되기 전에 꽃 피던가
때를 만나야 꽃이 피네.
꽃 필 때라야 꽃이 피지
꽃 아니 필 때 꽃 피던가.
봄바람만 들이 불면
누가 시켜서 꽃 피던가.
제가 절로 꽃이 필 때
누가 막아서 못 필런가.
고운 꽃이 피고 보면
귀한 열매 또 여나니

이 뒷집의 조서방이
다만 내외 있다가
먼젓달에 상처하고
지금 혼자 살림하니

저 먹기는 태평이나
그도 또한 가련하되
자네 팔자 또 고쳐서
내 말대로 사다 보게."

지난 일을 생각하고
갈까 말까 망설이다
마지못해 허락하니
그 집으로 인도하네.

다시 남편을 잃고 삶을 포기하려는 덴동어미를 주막집 주인댁이 위로하고 있다. 주막집 주인댁이라면 그 자신도 산사태로 큰 손해를 보았음이 틀림없다. 그런데도 자신의 손해보다 이웃의 고통에 더 눈을 돌리고 있으며, 절망에 빠진 덴동어미를 위해 자신이 살아 오면서 터득한 지혜를 총동원하여 만단으로 위로하려 애쓰고 있다. 많이 가진 사람보다는 가난한 사람들이 타인의 불행에 더욱 관심이 깊고 더욱 잘 공감하는 경향이 있다는 사실을 다시금 확인하게 된다.

비록 고생뿐인 삶이라 할지라도 삶은 그 자체로 소중하다는 것, 봄에는 꽃이 피고, 여름에는 녹음이 우거지고, 가을에는 잎이 떨어지고, 겨울에는 앙상하게 추위에 시달리다가 다시 봄이 되면 꽃이 만발하는 나무처럼, 사람의 인생에는 성쇠(盛衰)가 있어 행복하기만 한 인생이나 불행하기만 한 인생은 없는 법이라는 것, 슬픔과 기쁨, 고통과 행복이 엇갈리는 게 인생이라는 것, 이런 지론을 펼치며 주막집 주인댁은 덴동어미를 위로하고 있다. 이런 말은 주인댁 스스로가 온갖 풍상을 이겨 내며 터득한 소박한 진리라고 할 수 있다. 비록 글을 배우지는 못했지만 한 그루 꽃나무를 통해 자연을 이해하고, 자연의 변화를 통해 인생의 진실을 깨치는 민중의 지혜를 엿볼 수 있다.

그리고 봄바람이 불면 꽃이 피는 것처럼, 모든 일에는 때가 있고 모든 존재에게는 봄이 있으니, 고생만 하며 살아온 덴동어미에게도 반드시 인생의 봄이 오리라는 희망을 불어넣어 주고 있다. 우리는 그녀에게서 온갖 고난을 버티는 강인함과 고난 속에서도 훼손되는 법 없는 인간미를 느낄 수 있다. 그리고 가난과 고통의 삶을 사는 하층 여성 상호 간에 자연스레 형성되는 인간적 연대의 귀한 면모 또한 발견할 수 있다.

엿장수 조서방

그 집으로 들어가서
우선 영감을 자세히 보니
나이는 비록 많으나마
기상이 든든 순후하다.
"영감 생업이 무엇이오?"
"내 하는 일 엿장사라.
마누라는 어찌하여
이 지경에 이르렀나?"
"내 팔자가 무상하여
만고풍상 다 겪었소."

그날부터 부부 되어
영감 할미 살림한다.
나는 집에서 살림하고
영감은 다니며 엿장수라.

호두약엿 잣박산에

참깨박산 콩박산에

산자[1] 과줄[2] 빈사과[3]를

갖추 갖추 하여 주면

상자 고리에 담아 지고

장마다 다니며 매매한다.

의성장 안동장 풍산[4] 장과

노루골[5] 내성[6] 장 풍기장에

한 달 여섯 장 매장 보니

엿장수 조첨지 별호되네.

한 달 두 달 이태[7] 삼 년 사노라니

어찌하다가 태기 있어

열 달 배불러 해산하니

참말로 일개 옥동자라.

영감도 오십에 첫아들 보고

나도 오십에 첫아이라.

영감 할미 마음 좋아

1_ 산자: 요즘 흔히 '유과'라 부르는 것.

2_ 과줄: 꿀과 밀가루를 섞어 반죽한 뒤, 과줄판에 박아서 기름에 지져 속까지 검은 빛이 나도록 익힌 것. 강정, 약과, 정과, 다식 등을 통틀어 일컫기도 함.

3_ 빈사: '빙사과'라고도 함. 찹쌀가루에 술을 넣고 반죽하여 시루에 쪄 내고, 그것을 얇게 밀어 강정바탕을 만들어 잘게 썰고 그것을 잘 말린 다음, 기름에 튀겨 조청을 묻힌 과자.

4_ 풍산: 지금의 경상북도 안동시 풍산읍.

5_ 노루골: 경상북도 봉화 노루골.

6_ 내성: 경상북도 영주와 문수 근처.

7_ 이태: 두 해.

어리장고리장 사랑한다.
젊어서 어찌 아니 나고
늙어서 어찌 생겼는고.
홍진비래 겪은 나도
고진감래 하려는가.
희한하고 이상하다
둥기둥둥 일이로다.

"둥기둥기 둥기야
아가둥기 둥둥기야.
금자동아 옥자동아
섬마둥기 둥둥기야.
부자동아 귀자동아
놀아라 둥기 둥둥기야.
앉아라 둥기 둥둥기야
서거라 둥기 둥둥기야."
궁둥이 툭툭 쳐 보고
입도 쪽쪽 맞춰 보고

그 자식이 잘도 났네
인제야 한번 살아 보지.

한창 이리 놀리다가
어떤 친구 오더니만
"수동별신굿[8] 큰 굿을
아무 날부터 시작하니
밑천이 적거들랑
뒷돈은 내가 대줌세.
호두약엿 많이 고고
갖은 박산 많이 하게.
이번에는 수가 나리."
영감님이 옳게 듣고
찹쌀 사고 기름 사고
호두 사고 치자 사고
참깨 사고 밤도 사고
칠팔십 냥 밑천이라.
다섯 동이들이 큰 솥에다

8_ 수동별신굿: 노국공주의 신위를 받드는 국신당제. 안동 지방에서 해마다 정월 보름
에 펼치는 굿.

삼사 일을 고노라니
한밤중에 바람이 자
굴뚝으로 불이 났네.

덴동어미는 주막집 주인댁의 권유로 엿장수 조서방을 만났고, 그날로 살림을 시작하였다. 남성 위주의 조선 사회에서, 더구나 여성의 사회 활동이 극도로 제한된 조선 사회에서, 하층의 가난한 여성이 홀로 살아간다는 것은 참으로 지난한 일이었다. 덴동어미가 다시 개가를 하게 된 것은 하층 여성의 절박한 생활 현실과 관련하여 이해할 필요가 있다.

황도령과 살면서 십 년을 함께 무거운 그릇 짐을 이고 다녔던 덴동어미, 이제 엿장수 조서방을 만나서는 엿, 박산, 산자, 과줄, 빈사과 등 온갖 엿과 과자를 만들며 남편의 일을 함께하고 있다. 그래도 집안에서 살림을 하니 다소 안정이 되었던 것일까? 나이 오십에 덴동어미는 첫아들을 낳았다. 둥기둥기 아이를 어르고 궁둥이도 만져 보고 입도 맞춰 보고 하는 그 모습에는 기쁨이 넘친다. 아마도 첫 남편과의 신혼 시절 이후, 삼십여 년 만에 처음 맛보는 그런 행복이었을 것이다.

오십에 첫아들을 본 조서방도 기쁘고 행복하기는 덴동어미 못지않았을 터이다. 그런 행복은 잠시, 다시 불행이 덮쳤다. 안

동에서 열리는 수동별신굿에서 한몫을 잡으려고 큰 밑천 들여 여러 날 엿을 고다가 그만 불이 나고 만 것이다.

조서방의 죽음

온 집안에 불붙어서
화광이 충천하니
인사불성 정신없어
그 엿물을 다 퍼 없고
안방으로 들이달아
아들 안고 나오나가
불더미에 엎어져서
뒹굴면서 나와 보니
영감은 간 곳 없고
불만 자꾸 타는구나.

이웃 사람 하는 말이
아들 살리러 들어가더니
지금까지 안 나오니
이제 벌써 죽었구나.

마룻대 하나 떨어지며

기둥조차 다 탔구나.

온 마을 사람 달려들어

헤쳐 내고 찾아보니

포수가 고기 구운 듯

아주 함빡 다 탔구나.

이런 망할 일 또 있는가.

나도 같이 죽으려고

불더미로 달려드니

동네 사람이 붙들어서

아무리 몸부림치나

아주 죽지도 못하고서

온 몸이 콩과줄[1] 되었구나.

요런 년의 팔자 있나.

깜짝 사이에 영감 죽어

삼혼구백[2]이 불꽃 되어

불티와 같이 동행하여

1_ 콩과줄: 콩으로 만든 과줄. 과줄은 약과를 일컫기도 하고 강정, 약과, 정과, 다식 등
을 통틀어 일컫기도 함.
2_ 삼혼구백(三魂九魄): 혼백.

아주 펄펄 날아가고
귀한 아들도 불에 데어서
죽는다고 소리치네.
엉아엉아 우는 소리
이내 창자가 끊어진다.
세상사가 귀찮아서
이웃집에 가 누웠으니
덴동이를 안고 와서
가슴을 헤치고 젖 물리며
지성으로 하는 말이
"어린아이 젖 먹이게.
이 사람아 정신 차려
어린아이 젖 먹이게.
우는 거동 못 보겠네
일어나서 젖 먹이게."

"나도 아주 죽으려네
그 어린 것이 살겠는가.

그 거동을 어찌 보나
아주 죽어 모르려네."
"불에 덴다고 다 죽는가
불에 덴 이 허다하지.
그 어미라야 살려 내지
다른 이는 못 살리네.
자네 한번 죽어 버리면
살 아이라도 안 죽겠나.
자네 죽고 아이 죽으면
조첨지는 아주 죽네.
살아날 아이가 죽게 되면
그도 또한 할 일인가?
조첨지를 생각거든
일어나서 아이 살리게.
어린 것만 살게 되면
조첨지 사뭇 안 죽었네."

그 댁네 말을 옳게 듣고

마지못해 일어나 앉아
약치레하며 젖먹이니
삼사 삭 만에 나았으나
살았다고 할 것 없네
갖은 병신이 되었구나.
한쪽 손은 오그라져서
조막손이 되었고
한쪽 다리 뻐드러져서
상채다리[3] 되었으니
성한 이도 어렵거든
갖은 병신 어찌 살꼬?
수족 없는 아들 하나
병신 덕을 볼 수 있나.

불에 덴 자식 젖 물리고
걷어안고 생각하니
지난 일도 기막히고
이 앞일도 가련하다.

_____

3_ 장채다리: 뻗정다리. 구부렸다 폈다 하지 못하는 다리.

건널수록 물도 깊고
넘을수록 산도 높다.
어쩐 년의 고생 팔자
일평생을 고생인고.
이내 나이 육십이라
늙어지니 더욱 섧다.
자식이나 성했으면
저나 믿고 살지마는
나이는 점점 많아 가고
몸은 점점 늙어 가네.
이렇게도 할 수 없고
저렇게도 할 수 없다.

결국 조서방은 불에 타 죽고, 어린 아들은 화상을 입어 갖은 병신이 되고 말았다. '덴동어미'란 이름도 이때 얻어진 것이다. 화재의 현장이 눈앞에 펼쳐진 듯 생생하다. "삼혼구백이 불꽃 되어 / 불티와 같이 동행하여 / 아주 펄펄 날아가고 / 귀한 아들도 불에 데어서 / 죽는다고 소리치네. / 엉아엉아 우는 소리 / 이내 창자가 끊어진다"라는 표현에서 일가족의 비극이 선명하게 느껴진다.

　덴동어미는 기막힌 슬픔으로 드러눕고 말았다. 이웃집 여인이 덴동이를 안고 와서 어미의 가슴을 손수 헤쳐 아이에게 젖을 물려 주고는 지성으로 위로한다. 이 같은 고통을 당한 사람이 혼자만이 아니라는 것, 어머니가 있어야 아이가 살 수 있다는 것, 아이가 살면 죽은 남편도 아이를 통해 다시 살아나는 것이나 마찬가지라는 것, 이런 평범하고도 소박한 이치를 조근조근 말하며 덴동어미를 달랜다.

　이웃집 여인은 자신 또한 아이를 기르는 어머니의 입장에서, 한편으론 덴동어미의 절망에 깊이 공감하면서, 다른 한편으론 덴동어미가 절망을 이기고 다시 일어설 수 있는 마음의 계기를 마련해 주고 있다. 앞서 주막집 주인댁이 '삶의 희망'을 일깨워 줬다면, 이웃집 여인은 '삶의 책임'을 일깨우고 있다. 이처럼 사람은 희망 때문에 살기도 하고, 책임 때문에 살기도 한다. 삶의 공동체, 생명의 공동체가 이런 것이 아닐까?

이웃집 여인의 위로에 다시 몸과 마음을 추스른 덴동어미지만 앞길은 막막하기만 하다. "지난 일도 기막히고 / 이 앞일도 가련하다. / 건널수록 물도 깊고 / 넘을수록 산도 높다"라는 말이나, "나이는 점점 많아 가고 / 몸은 점점 늙어 가네. / 이렇게도 할 수 없고 / 저렇게도 할 수 없다" 하는 말은 그야말로 평범하다면 평범한 표현들이지만 거기 담긴 인생의 막막한 무게감은 깊고도 절절하다.

늦은 귀향

덴동이를 들쳐 업고
본고향을 돌아오니
이전 강산 의구하나
인정 물정 다 변했네.
우리 집은 터만 남아
쑥대밭이 되었구나.
아는 이는 하나 없고
모르는 이뿐이로다.
그늘진 은행나무
그 모습 그대로 날 기다렸네.

난데없는 두견새가
머리 위에 둥둥 떠서
불여귀 불여귀 슬피 우니
서방님 죽은 넋이로다.

새야 새야 두견새야
내가 올 줄 어찌 알고
여기 와서 슬피 울어
내 설움을 불러내나.
반가워서 울었던가
서러워서 울었던가.
서방님의 넋이거든
내 앞으로 날아오고
임의 넋이 아니거든
아주 멀리 날아가라.

두견새가 펄쩍 날아
내 어깨에 앉아 우네.
임의 넋이 분명하다
애고 탐탐 반가워라.
나는 살아 육신이 왔네
넋이라도 반가워라.
근 오십 년 이곳에서

내 오기를 기다렸나.
어이할꼬 어이할꼬
후회막급 어이할꼬.
새야 새야 우지 마라
새 보기도 부끄러워.
내 팔자를 맘에 새겼다면
새 보기도 부끄럽잖지.
첨에 당초에 친정 와서
서방님과 함께 죽어
저 새와 같이 자웅 되어
천만년이나 살아 볼걸.

내 팔자를 내가 속아
기어이 한번 살아 보려고
첫째 낭군은 그네 타다 죽고
둘째 낭군은 괴질에 죽고
셋째 낭군은 물에 죽고
넷째 낭군은 불에 죽어

이내 한 번 잘 못 살고
내 신명이 그만일세.
첫째 낭군 죽을 때에
나도 함께 죽었거나
살더라도 수절하고
다시 가지나 말았다면
산을 보아도 부끄럽잖고
저 새 보아도 무안하지 않지.
살아생전에 못된 사람
죽어서 귀신도 악귀로다.
나도 수절만 하였다면
열녀각은 못 세워도
남이라도 칭찬하고
불쌍하게나 생각할걸.
남이라도 욕할 거요
친정 일가들 반가워할까.

잔디밭에 멀거니 앉아

한바탕 실컷 우노라니
모르는 안노인[1] 나오면서
"웬 사람이 섧게 우나?
울음 그치고 말을 하게.
사정이나 들어 보세."
"내 설움을 못 이겨서
이곳에 와서 우나이다."
"무슨 설움인지 모르거니와
어찌 그리 설워하나?"
"노인께선 들어가오.
내 설움 알아 쓸데없소."

예의도 못 차리고
땅을 허비며 자꾸 우니
그 노인이 민망하여
곁에 앉아 하는 말이
"간 곳마다 그러한가?
이곳 와서 더 섧은가?"

1_ 안노인: 할머니.

"간 곳마다 그러리까?
이곳에 오니 더 서럽소.
저 터에 살던 임상찰이
지금은 어찌 사나이까?"
"그 집이 벌써 결딴나고
지금 아무도 없느니라."
더욱이 통곡하며
"그 집을 어찌 알았소?"
"저 터에 살던 임상찰이
우리 집과 오촌이라."
자세히 본들 알 수 있나?
"아무 형님이 아니신가?"
달려들어 두 손 잡고
통곡하며 설워하니
그 노인도 알지 못해
"형님이란 말이 웬 말인고?
그러나저러나 들어가세."

손목 잡고 들어가니
청삽사리 컹컹 짖으며
난 모른다고 소리치고
큰 대문 안의 거위 한 쌍
거욱거욱 달려드네.
안방으로 들어가니
늙으나 젊으나 알 수 있나.
부끄러워 앉았다가
그 노인과 한데 자며
이전 이야기 대강 하고
신명타령[2] 다 못할러라.

2_ 신명타령: 신세타령.

덴동어미는 불구가 된 아들을 업고 고향에 돌아왔다. 실로 사십여 년 만의 귀향이었다. 이렇게도 할 수 없고 저렇게도 할 수 없는 막다른 상황에서 덴동어미는 마침내 고향을 떠올린 것이다.

고향은 예전 그대로가 아니었다. 친정집은 쑥대밭이 되어 버렸고 아는 사람도 없었다. 그러나 강산은 그대로고, 눈에 익은 은행나무도 그 자리에 서 있었다. 슬피 우는 두견새를 보자 덴동어미는 첫 남편을 떠올렸고, 후회와 부끄러움이 엄습했다.

개가한 이후의 삶, 고향을 떠난 이후의 삶을 되돌아보면 억장이 무너지고 기막히는 일뿐이었으니, 대체 왜 개가했던지 후회하는 마음이 되면서 수절하지 못한 것을 부끄럽게 생각한 것이다. 현실에서는 여러 번 개가를 했음에도 불구하고 덴동어미가 관념적으로는 당대의 수절 이데올로기로부터 자유롭지 못한 점이 있음을 알 수 있다.

그렇다면 덴동어미는 두 번째 남편을 잃고 나서 왜 고향으로 돌아오지 않았을까? 그건 수절 이데올로기가 일반화된 당시 사회 분위기와도 일정한 연관이 있다. 개가한 여자로서 또다시 남편을 잃고, 거기다 영락한 모습으로 차마 고향에 돌아올 수 없었던 것이다. 하지만 남성 위주의 조선 사회에서 하층의 가난한 여성이 홀로 살아가기란 참으로 지난한 일이었기에 덴동어미는 거듭 개가를 할 수밖에 없었던 것이다.

혼자 앉아서 우는 덴동어미에게 동네 할머니가 다가와 울지 말라며 말을 거는데, 땅을 허비며 우는 덴동어미의 모습이 오래된 흑백사진의 한 장면처럼 인상 깊다. "간 곳마다 그러한가? / 이곳 와서 더 섧은가?" / "간 곳마다 그러리까? / 이곳에 오니 더 서럽소"라며 주고받는 대화에서 옛사람의 소박하고 정다운 마음이 느껴진다.

청춘과부에게 주는 말

엉송이 밤송이 다 쩌 보고
세상의 별 고생 다 해 봤네.
살기도 억지로 못 하겠고
재물도 억지로 못 하겠데.
고약한 신명도 못 고치고
고생할 팔자는 못 고치네.
고약한 신명은 고약하고
고생할 팔자는 고생하지.
고생대로 할 지경엔
그른 사람이나 되지 말지.
그른 사람 될 지경에는
옳은 사람이나 되지그려.
옳은 사람 되어 있으면
남에게나 칭찬 듣지.

청춘과부 시집가려 하면
양식 싸 갖고 가서 말리려네.
고생 팔자 타고나면
열 번 가도 고생이지.
이팔청춘 청상들아
내 말 듣고 가지 말게.
아무 동네 화령댁은
스물하나에 혼자되어
단양으로 개가했다더니
겨우 나섯 달 살다가
제가 먼저 죽었으니
그건 오히려 낫지마는,
아무 동네 장림댁은
갓 스물에 청상 되어
제가 춘광[1] 못 이겨서
영천으로 가더니만
몹쓸 병이 달려들어
앉은뱅이 되었다데.

1_ 춘광: 이성을 몹시 그리워하는 마음.

아무 마을의 안동댁도

열아홉에 남편 잃고

제가 공연히 발광 나서

내성²⁻으로 간다더니

서방놈에게 매를 맞아

골병이 들어서 죽었다데.

아무 집의 월동댁도

스물둘에 과부 되어

제 집 식구 모함하고

예천으로 가더니만

전처 자식에게 몹시 굴다가

서방에게 쫓겨나고,

아무 곳에 단양이네

갓 스물에 가장 죽고

남의 첩으로 가더니만

큰어미³⁻가 사나워서

삼시 사시 싸우다가

비상을 먹고 죽었다데.

2_ 내성: 본서 94면의 각주 참조.
3_ 큰어미: 여기서는 남편의 본처를 가리킴.

이 사람들 이리 된 줄
온 세상이 아는 바라.
그 사람들 개가할 제
잘되자고 갔지마는
팔자는 고쳤으나
고생은 못 고치데.
고생을 못 고칠 제
그 사람도 후회 나리.
후회 난들 어찌할꼬
죽을 고생 많이 하네.

큰 고생을 안 할 사람
남편부터 아니 잃지.
남편부터 잃는 사람
큰 고생을 하나니라.
내 고생을 남 못 주고
남의 고생 안 하나니
제 고생을 제가 하지

내 고생을 누굴 줄꼬.
역력가지⁴ 생각하되
개가해서 잘되는 이는
몇에 하나 아니 되네
부디부디 가지 말게.
개가해서 고생보다
수절 고생 호강이니
수절 고생 하는 사람
남이라도 귀히 보고
개가 고생 하는 사람
남이라도 그르다네.

고생 팔자 고생이라
수지장단⁵ 상관없지.
죽을 고생 하는 사람
칠팔십도 살아 있고
부귀호강 하는 사람
이팔청춘 요절하니

4_ 역력가지(歷歷可知): 분명히 알 수 있음.
5_ 수지장단(壽之長短): 오래 살고 못 사는 것.

고생 사람 덜 살지 않고
호강 사람 더 살지 않네.
고생이라도 한이 있고
호강이라도 한이 있어
호강살이 제 팔자요
고생살이 제 팔자라.
남의 고생 꾸어다 하나
한탄한들 무엇할꼬.

덴동어미는 "엉송이 밤송이 다 쪄 보고／세상의 별 고생 다 해 봤네"라며 긴긴 자신의 인생사 이야기를 마무리 짓고 있다. 그리고 청춘과부를 향해 고생할 팔자와 운명은 타고나는 것이니, 일단 과부가 된 바에는 개가하지 말고 수절하는 게 좋다는 요지의 말을 하고 있다.

자기 체험이 아무리 진실일지라도, 그것이 아무리 통절할지라도, 한 사람이 체험한 진실이 반드시 모든 사람에게 두루 적용되는 보편적 사실이 될 수 있는 것은 아니다. 그런 점에서 수절을 정당화하는 듯한 덴동어미의 생각을 그대로 수긍하기는 곤란하다. 하지만 이 말은, 덴동어미가 자신의 쓰라린 체험을 바탕으로, 당대의 조선 사회에서는 여자가 개가하여 행복한 삶을 누리는 것이 참으로 어렵다는 생각을 말한 것이라 이해해도 좋을 것이다.

덴동어미는 자기 생각의 타당성을 보이기 위해, 개가하여 실패하거나 불행해진 여자들의 사례를 열거하고 있다. 남편에게 매를 맞아 죽은 여인도 있고, 전처소생과의 갈등 때문에 쫓겨난

이도 있고, 첩으로 들어갔다가 본처와 사이가 나빠 스스로 자결한 이도 있다.

덴동어미는 당대의 수절 이데올로기로부터 자유롭지 못한 점이 있고, 그런 점에서 의식에 한계가 있는 것은 사실이다. 그렇다 해도 덴동어미의 말을 통해 우리는 유교적인 조선 사회에서 대다수 여성들은 수절해도 고생이요, 개가해도 역시 고생이었다는 사실을 확인하게 된다. 왜 남성이 배우자를 잃는 경우와는 달리 여성은 혼자 살든 재혼을 하든 그렇게 힘들었을까? 그것은 여성에게 경제력이 없었을 뿐 아니라, 사회 전반에 걸쳐 남성이 지배하는 가부장적 사회구조에 여성이 종속되어 있었기 때문이다.

덴동어미는 처음에 자기 이야기를 시작하면서 '신명도망'이 어렵다고 말한 적이 있다. '신명'이란 운명이나 팔자를 뜻한다. 자기 이야기를 마무리하면서 덴동어미는 다시금 운명은 사람의 힘으로 어떻게 할 수 없다는 생각을 피력하고 있다. 잘 살아 보려고 정말 발버둥을 쳤지만 불행에서 벗어날 수 없었던 자신의 체험으로 인해 덴동어미는 이런 생각을 가지게 되었다. 그 생각은 적어도 덴동어미에게 있어서만은 가감 없는 사실이었다.

덴동어미의 생각에는 다소간 운명론적인 측면이 있다. 그러나 그것은, 자기에게 주어진 삶을 최선을 다해 살아 낸 사람의 운명론이라는 점에서, 자기 합리화나 자기 착각과 결합된 섣부른 운명론과는 성격이 다르다고 하겠다.

덴동어미는 인생의 막바지에 이르러 비로소 운명을 깨달았고, 자신의 운명을 순순히 받아들이고 있다. "죽을 고생 하는 사람／칠팔십도 살아 있고／부귀호강 하는 사람／이팔청춘 요절하니／고생 사람 덜 살지 않고／호강 사람 더 살지 않네.／고생이라도 한이 있고／호강이라도 한이 있어／호강살이 제 팔자요／고생살이 제 팔자라"라며 물 흐르듯 흘러가는 그녀의 말에는 온갖 고통을 겪으며 사람살이의 이치에 나름대로 통달한 사람이 지닐 수 있는 거침없는 면모가 느껴진다.

달관

내 팔자가 사는 대로
내 고생이 닫는[1] 대로
좋은 일도 그뿐이요
그른 일도 그뿐이라.
춘삼월 호시절에
화전놀이 왔거들랑
꽃빛일랑 곱게 보고
새소리는 좋게 듣고
밝은 달은 여사로 보며
맑은 바람 시원하다
좋은 동무 좋은 놀이에
서로 웃고 놀아 보소.
사람의 눈이 이상하여
제대로 보면 괜찮은데
고운 꽃도 새겨보면

1_ 닫는: 내닫는.

126

눈이 캄캄 안 보이고
귀도 또한 별일이지
그대로 들으면 괜찮은 걸
새소리도 고쳐 듣고
슬픈 마음 절로 나네.

마음 심(心) 자가 제일이라
단단하게 맘잡으면
꽃은 절로 피는 거요
새는 여사 우는 거요
달은 매양 밝은 거요
바람은 일상 부는 거라.
마음만 여사 태평하면
여사로 보고 여사로 듣지.
보고 듣고 여사하면
고생될 일 별로 없소.

덴동어미는 사람의 운명은 어떻게 할 수 없다는 인식을 통해
삶의 회한과 고통으로부터 벗어나고 있다. '운명'이라는 이름으
로 지나간 모든 것을 받아들이고 남아 있는 많은 것을 내려놓았
다. 그리하여 단순한 운명론에 그치지 않고, 삶에 대한 '달관'
과 '무애자재'의 경지로 나아가고 있다. 삶은 지울 수 없는 커다
란 상처를 그녀에게 남겼지만, 또한 그녀를 이런 정신적 높이로
인도한 것이다.

 달은 매양 밝은 것이요, 바람은 일상 부는 것이고, 꽃은 절로
피는 것이요, 새는 그냥 울 뿐이니, 보는 이의 마음으로 대상을
왜곡하지 말고, 사물을 있는 그대로 보면 즐겁다는 덴동어미의
말은, 비록 배운 것 없는 가난한 여성의 말이지만 오랜 세월 도
를 닦은 수행자의 말과도 그리 다르지 않다. 덴동어미는 수도와
정진을 통해서가 아니라, 인생 유전과 하층의 삶을 통해 그런
정신적 깨달음에 이른 것이다. 마치 고통이 만들어 낸 진주 같
다고나 할까.

 일견 평범하지만 실은 비범한 깨달음이 있었기에, 그리고 삶

에 지친 덴동어미를 따뜻하게 받아 준 고향이라는 공동체가 존
재했기에, 삶의 고통에 눈물짓던 덴동어미가 살아 있는 즐거움
을 춤추고 노래할 수 있게 된 것이다.

봄 춘자 노래

앉아 울던 청춘과부
크게 활짝 깨달아서
"덴동어미 말 들으니
말씀마다 개개 옳네.
이내 수심 풀어내어
이리저리 부쳐 보세."

"이팔청춘 이내 마음
봄 춘(春)자로 부쳐 두고
꽃다운 이내 얼굴
꽃 화(花)자로 부쳐 두고
술술 나는 긴 한숨은
봄바람에 부쳐 두고
밤이나 낮이나 숱한 수심
우는 새나 가져가게.

마음속에 쌓인 근심

흐르는 물로 씻어 볼까.

천만 첩이나 쌓인 설움

웃음 끝에 하나 없네.

굽이굽이 깊은 설움

그 말끝에 술술 풀려

삼동설한[1] 쌓인 눈이

봄 춘자 만나 슬슬 녹네.

자네 말은 봄 춘자요

내 생각은 꽃 화자라.

봄 춘자 만난 꽃 화자요

꽃 화자 만난 봄 춘자라.

얼시고나 좋을시고

좋을시고 봄 춘자

화전놀음 봄 춘자

봄 춘자 노래 들어 보소.

가련하다 이팔청춘

1_ 삼동설한(三冬雪寒): 겨울 석 달.

내게 마땅한 봄 춘자.

노년에 돌아온 고향의 봄

덴동어미 봄 춘자.

만년토록 장수하는 봄

우리 부모님 봄 춘자.

계수나무 온 집안에 봄

우리 자손 봄 춘자.

금지옥엽 구중궁궐의 봄

우리 임금님 봄 춘자.

구름 되고 비 되어 만나는 봄

서왕모²⁻의 봄 춘자.

팔선녀 구운몽³⁻의 봄

성진의 봄 춘자.

「봉구황곡」⁴⁻ 연주하는 봄

정경패의 봄 춘자.

까치가 희소식 알리는 봄⁵⁻

이소화의 봄 춘자.

동녘 별 드문드문한 봄⁶⁻

2_ 서왕모(西王母): 중국의 전설상의 선녀.

3_ 구운몽: 김만중의 소설 제목. 이하에 등장하는 성진, 정경패, 이소화, 진채봉, 가춘
운, 계섬월, 적경홍, 심요연, 백능파는 모두 『구운몽』의 등장인물이다.

4_ 「봉구황곡」(鳳求凰曲): 「봉구황곡」은 원래 중국의 사마상여가 탁문군의 마음을 끌
기 위해 연주한 음악으로, 『구운몽』에서 양소유가 정경패의 마음을 얻기 위해 연주
하였음.

5_ 까치가~봄: 『구운몽』의 여성 인물 이소화가 지은 시구와 관련이 있음.

6_ 동녘~봄: 『구운몽』의 여성 인물 진채봉이 지은 시구와 관련이 있음.

진채봉의 봄 춘자.

귀신인지 선녀인지 걸음마다 가득한 봄[7]

가춘운의 봄 춘자.

당대 최고 문장가의 봄[8]

계섬월의 봄 춘자.

하북 땅 절세미인의 봄

적경홍의 봄 춘자.

아른아른 옥문관[9] 밖의 봄

심요연의 봄 춘자.

그윽한 골짜기 청수담[10]의 봄

백능파의 봄 춘자.

온 우주 모두가 봄

제일 좋은 봄 춘자.

길 위에서 만나는 늦은 봄

나그네의 봄 춘자.

봄은 왔으나 봄 같지 않은 봄[11]

왕소군[12]의 봄 춘자.

7_ 귀신인지~봄: 『구운몽』에서 가춘운이 양소유를 놀리기 위해 귀신인 체 유혹한 일
   화를 가리키고 있음.

8_ 당대~봄: 『구운몽』에서 양소유가 계섬월을 보고 지은 시와 관련이 있음.

9_ 옥문관: 서역으로 통하는 관문. 양소유가 여기서 심요연을 만나 밤을 함께했음.

10_ 청수담: 『구운몽』의 여성 인물 백능파가 살던 곳.

11_ 봄은~봄: 당나라 동방규(東方虯)의 시 「소군원」(昭君怨)의 '춘래불사춘'(春來不
   似春)이란 구절을 따왔음.

12_ 왕소군(王昭君): 중국 전한 효원제의 궁녀로, 흉노에게 시집간 인물.

그대를 보내며 함께 보내는 봄

이별하는 봄 춘자.

저문 석양에 집집마다 봄

천 리 나그네 봄 춘자.

누각에 올라 고향 그리는 봄

강가 나그네 봄 춘자.

집 앞 버들에 봄 온 줄 모르는 봄[13]

도연명[14]의 봄 춘자.

사막의 풀에는 오지 않는 봄

만 리 변방 봄 준자.

악양(岳陽)의 봄 못지않은 봄

고향을 생각하는 봄 춘자.

동정호(洞庭湖)를 날아서 지나는 봄

여동빈[15]의 봄 춘자.

오호(五湖)[16]의 조각배 가득 실은 봄

월 서시[17]의 봄 춘자.

한 번 미소에 온 궁궐에 봄

양귀비의 봄 춘자.

13_ 집 앞~봄: 이백(李白)의 시에 "도연명은 날마다 취하여 다섯 그루 버드나무에 봄이
온 줄도 모른다"는 구절이 있다. '다섯 그루 버드나무'는 도연명의 집을 가리킨다.

14_ 도연명(陶淵明): 중국 동진(東晉)의 시인. 호가 오류선생(五柳先生)이다.

15_ 여동빈(呂洞賓): 중국 당나라 때의 인물. 도를 닦아 나중에 신선이 되었다고 전함.

16_ 오호(五湖): 춘추시대 말기에 월(越)의 대부(大夫) 범려(范蠡)가 월왕(越王)을 보좌
하여 오(吳)를 멸망시킨 뒤, 벼슬에서 물러나 작은 배를 타고 숨어 지낸 곳.

17_ 월 서시(越西施): 월나라의 서시. 오왕 부차(夫差)가 사랑한 여성. 나중에 범려가
서시를 데리고 오호에 배를 띄워 도망갔다는 일화가 있음.

용안이 고우시니 온 세상 봄

태평천하 봄 춘자.

술 취해 지나간 서른 번의 봄

이태백의 봄 춘자.

계곡물 오르며 경치 즐기는 봄[18]

신선 세계 봄 춘자.

양자강 가 버드나무의 봄

나그네의 봄 춘자.

도리화(桃李花) 잠깐의 봄

술집 여자 봄 춘자.

천하가 태평한 봄

백성 편안한 봄 춘자.

바람에 연꽃 흔들리는 봄

고소대[19]의 봄 춘자.

온갖 꽃이 만발한 봄

천만 봉우리의 봄 춘자.

만 리 강산 가없는 봄

유산객의 봄 춘자.

18_ 계곡물~봄: 왕유(王維)의 시 「도원행」(桃源行)의 '어주축수애산춘'(漁舟逐水愛山春), 즉 '고깃배를 타고 물을 거슬러 올라가며 봄 산의 아름다움을 즐긴다'는 구절과 관련이 있음.

19_ 고소대(姑蘇臺): 중국 강소성 소주(蘇州)의 고소산에 있던 이름난 누대.

온 산에 울긋불긋한 봄
홍정골댁네 봄 춘자.
냇물에 밝은 달 비치는 봄
골내댁네 봄 춘자.
명사십리 해당화 핀 봄
새내댁네 봄 춘자.
도화꽃 만발한 봄
도화동댁 봄 춘자.
저 멀리 행화촌(杏花村)의 봄
행정댁네 봄 춘자.
집집마다 홍도화 핀 봄
도지미댁네 봄 춘자.
온 골짝 이화 만발한 봄
희여골댁네 봄 춘자.
수양버들 늘어진 봄
오양골댁 봄 춘자.
온 동네 연기 오르는 봄
연동댁네 봄 춘자.

_____

비 개자 무지개 뜬 봄
홍다리댁 봄 춘자.
화한 기운 융융한 봄
안동댁네 봄 춘자.
온갖 새들 소리하는 봄
소리실댁 봄 춘자.
아름다운 연꽃 핀 봄
놋점댁네 봄 춘자.
다리 위에 샛별 뜬 봄
청다리댁 봄 춘자.
강남에서 연꽃 따는 봄
남동댁네 봄 춘자.
영산홍 영춘화 피는 봄
영춘댁네 봄 춘자.
만화방창 단산(丹山)의 봄
질막댁네 봄 춘자.
아득한 강에 가랑비 내리는 봄
우수골댁 봄 춘자.

십 리 긴 숲에 화려한 봄
단양댁네 봄 춘자.
맑은 바람 솰솰 불어
청풍댁네 봄 춘자.
봄비 덕에 꽃이 핀다
덕고개댁네 봄 춘자.
바람 끝에 봄이 온다
풍기댁네 봄 춘자.

비봉산의 봄 춘자
화전놀이 흥이 나네.
봄 춘자로 노래하니
좋을시고 봄 춘자.
봄 춘자가 못 떠나가게
실버들로 꼭 묶게나.
봄날이 지나간다
앵무새야 만류해라.
바람아 부지 마라

———————

만정도화(滿庭桃花) 떨어진다.

덴동어미의 이야기에 감동한 청춘과부는 근심과 슬픔을 모두 털어 버리고 〈봄 춘자 노래〉를 신명 나게 부른다.

온 천지가 봄이고 모든 존재가 봄이로되, 각자는 다양한 방식으로 각자의 봄을 누리고 있다는 사실을 노래하고 있다. 청춘과부 자신의 봄, 덴동어미의 봄에서 시작한 〈봄 춘자 노래〉는 부모님과 자손들, 임금님을 거쳐, 소설 『구운몽』의 남녀 주인공 아홉 명의 봄을 신나게 노래한다. 고전소설 중에서도 유독 『구운몽』의 인물들이 노래되는 것은 남녀의 사랑 이야기가 청춘과부와 여인들의 춘심(春心)을 설레게 하기 때문이리라.

이어서 온갖 봄과 관련된 한시 구절이나 고사가 거침없이 쏟아져 나오고 있어, 청춘과부가 상당한 문학적 소양이 있는 사람임을 알 수 있다. 이 노래에서 가장 압권은 화전놀이에 참여한 여성들의 택호(宅號)를 하나하나 거론하며 노래하는 부분이다. 택호는 결혼한 여성들에 대한 호칭으로, 시집오기 전에 살던 친정 동네의 지명을 붙여서 '아무개댁'이라고 부르는 것이다. 자기의 고유한 이름을 잃고, 시집 동네와 가족의 일원으로 살아간 여성들에게 남아 있던 친정의 흔적이었다고나 할까.

그런데 봄 풍경을 서술하는 어휘와 놀이 현장에 있는 여성들의 택호 사이에는 재미있는 언어유희가 이루어지고 있다. "도화꽃 만발한 봄 / 도화동댁 봄 춘자"처럼 꽃 이름과 지명이 직접 연관되는 경우도 있고, "냇물에 밝은 달 비치는 봄 / 골내댁네 봄 춘자"처럼 '냇물'과 '골내댁'을 '내'라는 음으로 연결시키는 경우도 있고, "맑은 바람 쏼쏼 불어 / 청풍댁네 봄 춘자"처럼 '청풍댁'에서의 '풍'을 '바람'과 연결시키는 경우도 있어, 언어유희의 방식은 다양하다. 즉석에서 청중 한 사람 한 사람을 자기의 노래와 신명 속으로 끌어들이는 청춘과부의 재능이 참으로 돋보인다.

이처럼 〈봄 춘자 노래〉에서는 위로는 임금님으로부터 아래로는 자손들까지, 현재의 사람들뿐 아니라 과거의 사람들까지, 이 지상에 존재했고, 존재하는 모든 사람들이 저마다의 봄을 구가하는 존재들로 표현되고 있다. 현장에 참여한 여인들 모두가 이 노래를 통해 자신의 봄을 만끽하며 함께 신명 나는 한바탕 놀이에 흠뻑 취하고 있다.

꽃 화자 노래

어여쁠사 소(少) 낭자가
의복 단장 제대로 하고
방끗 웃고 썩 나서며
"좋다 좋다 얼씨구 좋다.
잘도 하네 잘도 하네
봄 춘자 노래 잘도 하네.
봄 춘자 노래 다 했는가
꽃 화자 타령 내가 함세."

낙화유수 흐르는 물에
만면 수심(愁心) 씻어 내고
꽃 화자 얼굴 단장하고
반만 웃고 돌아서니
해당시레 웃는 모양
해당화와 한가지요

비단 같은 앵두 볼은

홍도화인 양 빛이 곱다.

앞으로 보나 뒤로 보나

온 전신이 꽃 화자라.

꽃 화자 같은 이 사람이

꽃 화자 타령 하여 보세.

좋을시고 좋을시고

꽃 화자가 좋을시고.

꽃바람이 다시 불어

만화방창 꽃 화자라.

천년토록 장생화¹⁻는

우리 부모님 꽃 화자요

슬하(膝下) 만세 무궁화는

우리 자손 꽃 화자요

요지연의 벽도화²⁻는

서왕모의 꽃 화자요

천년에 한 번 천수화³⁻는

1_ 장생화(長生花): 약초의 이름. 수심을 덜어 내는 데 효과가 있다고 함.
2_ 요지연(瑤池淵)의 벽도화(碧桃花): '요지연'은 중국의 주나라 목왕이 서왕모를 만난 곳. '벽도'는 선경(仙境)에 있다는 과실.
3_ 천수화(千壽花): 우담바라를 가리킴.

광한전의 꽃 화자요

극락전의 선비화[4]는

석가여래 꽃 화자요

천태산의 할미화는

마고선녀[5] 꽃 화자요

춘당대[6]의 선리화[7]는

우리 임금님 꽃 화자요

봄꽃 피듯 부귀한 건

우리 집의 꽃 화자요

죽어도 못 잊는 상사화는

우리 낭군 꽃 화자요

천리타향 한 그루 꽃은

유배객의 꽃 화자요

달 속의 단계화(丹桂花)는

월궁항아 꽃 화자요

황금옥(黃金屋)의 금은화[8]는

석가모니 꽃 화자요

해바라기하는 촉규화는

4_ 선비화(禪扉花): 영주 부석사 조사당 앞에 있는 낙엽관목 골담초를 특별히 일컫는
   말.
5_ 마고선녀: 전설상의 선녀.
6_ 춘당대(春塘臺): 서울 창경궁 안에 있는 누대의 이름.
7_ 선리화(仙李花): 오얏꽃을 가리킴.
8_ 금은화(金銀花): 인동초의 별명.

등장군[9]의 꽃 화자요

귀촉도 귀촉도 두견화는

초 회왕[10]의 꽃 화자요

명사십리 해당화는

바다 신선 꽃 화자요

석교다리 봉선화는

성진의 꽃 화자요

숭화산의 이백화[11]는

이태백의 꽃 화자요

석양 무렵 황국화는

도연명의 꽃 화자요

백룡퇴의 청총화[12]는

왕소군의 꽃 화자요

마외역[13]의 귀비화는

당(唐) 현종의 꽃 화자요

만첩산중 철쭉화는

팔십 노승의 꽃 화자요

울긋불긋 찔레화는

9_ 등장군(鄧將軍): 후한 광무제의 충신.

10_ 초 회왕(楚懷王): 전국시대 초나라의 왕으로, 진나라에 억류되었다가 비운에 죽음.

11_ 숭화산(崇華山)의 이백화(李白花): '숭화산'은 중국의 숭산과 화산. '이백화'는 오
얏꽃.

12_ 백룡퇴(白龍堆)의 청총화(青塚花): '백룡퇴'는 중국 신강성의 사막. '청총화'는 왕
소군의 무덤에 핀 꽃.

13_ 마외역(馬嵬驛): 당나라 현종이 군사들의 요구로 양귀비를 죽이고 헤어졌던 곳.

조카딸네 꽃 화자요

잠깐 한철 도리화는

술 파는 여인네 꽃 화자요

저 멀리 살구화는

술집 찾아가는 꽃 화자요

강남의 홍련화는

전당(錢塘)[14] 호수의 꽃 화자요

꽃 중의 왕 모란화는

꽃 중에도 어른이요

비단 창문의 옥매화는

꽃 화자 중의 미인이요

섬돌 위의 함박꽃은

꽃 화자 중에 더욱 곱다.

허다 많은 꽃 화자가

좋고 좋은 꽃 화자나

화전하는 꽃 화자는

참꽃 화자 제일이라.

14_ 전당(錢塘): 중국 절강성(浙江省) 항주(杭州).

다른 꽃 화자 그만두고
참꽃 화자 화전하세.
젓가락으로 집어 입에 넣으니
봄꽃 향기 배 속에 가득.
향기로운 꽃 화자 전을
우리만 먹어 되겠는가.
꽃 화자 전을 많이 부쳐
꽃가지 꺾어 많이 싸다가
장생화 같은 우리 부모
꽃 화자로 봉친하세.
꽃다울사 우리 아들
꽃 화자로 먹여 보세.
꽃과 같은 우리 아기
꽃 화자로 달래 보세.

어여쁜 소(少) 낭자가 〈봄 춘자 노래〉를 받아서 화전놀이의 흥을 이어 가고 있다. 꽃이 떨어져 흐르는 아름다운 물로 얼굴에 가득한 수심을 씻고 나니, "앞으로 보나 뒤로 보나/온 전신이 꽃 화자라./꽃 화자 같은 이 사람이/꽃 화자 타령 하여 보세"라며 밝고도 환한 꽃노래를 펼치고 있다.

장생화(長生花)로는 부모님의 장수를 바라는 마음을 담고, 무궁화(無窮花)로는 자손이 무궁하길 바라는 마음을 담고, 이어서 꽃의 유래, 꽃과 관련된 고사(故事)와 시구절들을 열거하면서 갖가지 다양한 꽃들을 노래한다. 〈봄 춘자 노래〉를 부른 청춘과부만큼은 아니지만 다양한 전고(典故)를 구사하며 꽃노래를 이어 가는 솜씨가 뛰어나다.

흥겹게 노래하고 화전을 먹는 중에도 부모와 자식을 잊지 않는 따뜻한 마음이 돋보인다. 자기 자신도 하나의 꽃이요, 부모님도, 아들도, 아기도 모두가 꽃과 같다는 말은, 이 노래를 부르는 소 낭자의 마음만이 아니라 화전놀이에 참여한 모든 여인들의 마음을 표현한 것일 터이다. 자기 긍정과 사랑의 에너지가

마치 활짝 피어난 꽃처럼 아름답다.

화전놀이의 마무리

꽃 화자 타령 잘도 하니
노래 속에 향기 난다.
나비 펄펄 날아들어
꽃 화자를 찾아오고
꽃 화자 타령 들으려고
봉황 공작 날아오고
뻐꾸기 꾀꼬리 날아와서
꽃 화자 노래 화답하고
꽃바람은 솔솔 불어
좋은 소리 들려주고
청산유수 물소리는
꽃노래를 어우르고
붉은 노을이 일어나며
꽃노래에 어리고
오색구름 일어나며

머리 위에 둥둥 뜨니
천상의 신선 내려와서
꽃노래를 듣는가봐.
여러 부인이 칭찬하니
꽃노래도 잘도 하네.
덴동어미 ○○○○
○○○○ ○○○○¹⁻
온갖 우환 노래하니
우리 마음 더욱 좋네.
화전놀이 이 자리에
꽃노래가 좋을시고.

꽃노래도 하도 하니
우리 다시 할 길 없네.
궂은 맘이 없어지고
착한 맘이 돌아오고
걱정 근심 없어지고
흥취 있게 놀았으니

1_ 이 부분은 원문이 판독되지 않음.

신선놀음 누가 봤나
신선놀음 한 듯하네.
신선놀음 다를쏘냐
신선놀음 이와 같지.
화전 흥이 미진하여
해가 하마 석양이네.
삼월 해가 길다더니
오늘 해는 짧기만 하네.
하느님이 감동하사
사흘 해만 겸해 주소.
사흘 해를 겸하여도
하루 해는 마찬가지.
해도 해도 길고 길면
실컷 놀고 가지마는
해도 해도 짧을시고.
이내 그만 해가 가니
산그늘은 물 건너고
까막까치 자려고 오네.

각기 귀가하리로다
언제 다시 놀아 볼꼬.
꽃 없이는 재미없어
명년 삼월 놀아 보세.

〈봄 춘자 노래〉에 이어 〈꽃 화자 노래〉를 함께 부르면서 흥은 점점 고조되고, 마침내 그 자리에 있던 모든 사람들이 집단적인 신명에 빠져 들고 있다. 현장에 있던 여인들만 즐거움과 기쁨에 넘치는 것이 아니라, 주위에 있는 나비와 새, 바람과 물, 모든 생물과 무생물이 함께 기쁨의 노래를 부르는 것처럼 느껴진다. 꽃노래에 물소리가 어울리고, 꽃노래에 붉은 노을이 어울리며, 오색구름이 둥둥 뜨고 천상의 신선이 내려온 듯하다는 표현에서 최고조에 날한 신명과 환희가 느껴진다.

　이러한 신명과 환희를 통해 "궂은 맘이 없어지고／착한 맘이 돌아오고／걱정 근심 없어지"는 정신의 승화를, 놀이에 참여한 여성 모두가 함께 체험한 것이다. 석양 무렵, 미진한 흥을 뒤로 하고 각자의 집으로 돌아가는 여인들, 다시 돌아간 일상에는 여전히 갖가지 의무와 구속들, 근심과 걱정거리들이 기다리고 있겠지만, 이날의 생생한 느낌은 그녀들의 마음속 깊은 곳에 자리 잡았을 것이다.

　여성들만의 화전놀이가 수없이 있었고, 그 현장을 노래한 화전가도 상당수 있지만, 유독 이날의 화전놀이가 이처럼 특별하고, 이날의 화전가가 이처럼 특별한 감동으로 충만한 것은 무엇 때문일까? 만약에 덴동어미의 인생 유전 이야기가 없었더라면, 그 이야기에 담긴 고통과 달관의 메시지가 없었더라면, 그 이야기에 함께 울고 함께 웃는 여성들 사이의 공감과 유대가 없었더라면, 이처럼 특별한 집단적 신명의 경험은 아마도 불가능했을 것이다.

해설

찾아보기

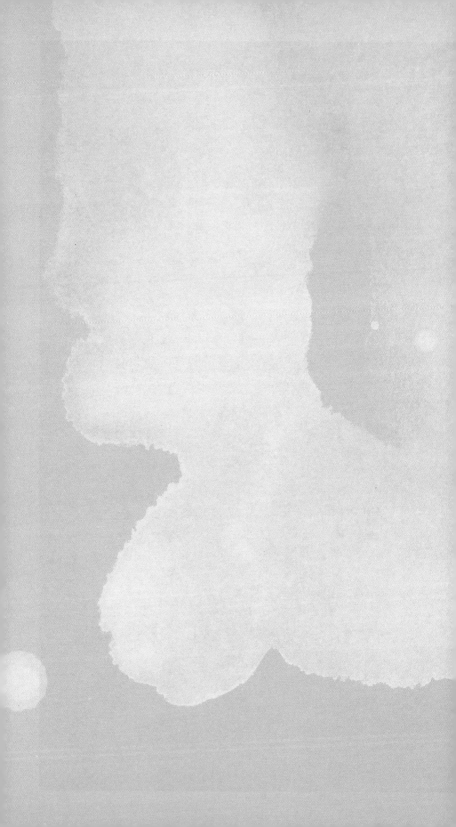

운명과 달관의 서사 — 「덴동어미화전가」 *

1

'화전가'는 조선 시대 여성들이 봄날의 화전놀이에서 느끼는 즐거움과 여성으로서의 애환을 기록한 것인데, 조선 후기에 널리 창작된 가사의 한 유형이다. 「덴동어미화전가」는 화전가의 전통을 계승하면서도 '덴동어미'라는 한 여성의 인생 유전을 통해 조선 후기 서민 세계의 생활 현실을 생생하게 반영하고 있을 뿐 아니라, 삶의 고통과 인간적 유대의 문제를 매우 사실적이고 인상적으로 보여 주고 있어, 우리나라 가사가 도달한 최고 수준을 보여 주는 작품 중의 하나이다.

고통 없는 인생이란 없는 법이다. 하지만 덴동어미의 삶은 남달리 혹독한 시련과 고통으로 점철된 것이었다. 덴동어미에게도 행복한 시절이 있었다. 하지만 행복한 시간은 잠깐이었고, 근심과 우환, 슬픔과 절망이 끊이지 않았다.

---

*이 해설은 필자의 글, 「운명과 달관의 서사가사 — '덴동어미화전가'」(『한국의 고전을 읽는다』 제3권, 휴머니스트, 2006)를 수정한 글이다.

덴동어미 인생에 유독 불행한 일이 많긴 했지만, 그녀가 겪은 일들은 평범한 사람들의 일상에서도 흔히 일어나는 사건들이라고 할 수 있다. 우연한 사고, 질병, 산사태, 화재, 남편의 죽음, 아들의 장애, 갑작스런 경제적 몰락, 힘겨운 노동, 배고픔과 가난 등. 이러한 사건들로부터 완전히 자유로운 사람은 없다. 불가해한 세계의 횡포 앞에 속수무책일 수밖에 없는 인간적 삶의 취약성을 집약적으로 보여 주는 게 바로 덴동어미의 삶이라고 할 수도 있을 것이다.

이처럼 인간의 불행은 보편적인 것이지만, 한편으론 다분히 역사적이고 사회적인 것이기도 하다. 덴동어미의 경우에도, 그녀가 여성이었기에, 그리고 가난하였기에 더욱 불행할 수밖에 없었다는 사실을 주목할 필요가 있다. 가난했기에 남편과 함께 힘겨운 도붓장사를 하며 자주 병을 앓아야 했고, 삶의 조건이 취약한 서민층이었기에 산사태나 화재 같은 자연재해에 쉽게 노출되었다. 그리고 덴동어미가 빈민 여성이 되었기에, 일단 남편을 잃으면 모든 것을 다 잃어버리고 최하층의 삶으로 거듭 떨어질 수밖에 없었다. 여성에 대한 유교적 교화에만 힘쓸 뿐, 가난한 여성이나 홀로 사는 여성에게 아무런 관심도, 최소한의 보호 장치도 제공하지 않았던 유교 국가 조선의 사회체제도 덴동어미의 불행에 한몫을 했다고 볼 수 있다. 덴동어미가 여성이 아니었다면, 가난하지 않았다면, 그리고 조선 사회가 빈민 여성에 대한 최소한의 사회적 안전망이 가동되는 사회였다면, 아마도 덴동어미의 불행이 그토록 극심하지는 않았을 것이다.

「덴동어미화전가」에는 인간적 슬픔과 고통을 매우 사실적으로 표현한 대목이 빈번하게 등장한다. 남편을 잃고 슬픔으로 몸부림치는 장면, 행상을 다니며 힘겹게 사는 모습, 산사태로 집과 가족이 흔적도 없이 사라져 버리는 장면, 집에 불이 나 순식간에 모든 것이 타 버리는 장면, 고향에 돌아와 지난 한평생을 생각하며 새삼 설움이 북받치는 장면 등. 그런 장면들에는 고된 인생을 살 수밖에 없는 인간의 슬픔과 막막함이 너무나 생생하고 핍진하게 그려지고 있다.

덴동어미는 절망감에 빠져 삶을 포기하려 한 적도 여러 번 있었다. 하지만 거듭 자신을 추슬러 일어나곤 했다. 그 과정에서 타인의 위로와 격려가 큰 힘이 되곤 했다. 덴동어미는 글을 배운 사람이 아니었기에 인생에 관한 어떤 형이상학이나 관념과는 무관하게 자신의 삶을 이해하고 있다.

살고 죽는 일은 사람의 뜻대로 되는 일이 아니라는 것. 아무리 힘든 일을 겪더라도 살아 있는 동안은 견디며 살아야 한다는 것, 살다 보면 또 좋은 날이 올지도 모른다는 것. 이러한 소박한 삶의 진실을 덴동어미는 평생 몸으로 체현하고 있다.

고통은 인생에서 불가피한 것이다. 그런데 고통으로 인해 일그러지고 파멸하는 인간이 있는가 하면, 고통을 통해 더욱 너그러워지고 자유로워지는 인간도 있다. 고통을 대하는 자세와 고통을 다루는 방식이 사람마다 다르기 때문이다. 덴동어미는 온갖 고초를 다 겪은 자신의 인생 이야기를 마무리하면서 이렇게 말한다.

엉송이 밤송이 다 쪄 보고 / 세상의 별 고생 다 해 봤네.
살기도 억지로 못 하겠고 / 재물도 억지로 못 하겠데.
고약한 신명도 못 고치고 / 고생할 팔자는 못 고치네.

살아 보니 삶과 죽음, 가난과 고통은 자기 뜻대로 되는 일이 아니더라는 것이다. 덴동어미의 이런 태도에 운명론적 측면이 없는 것은 아니다. 하지만 운명을 핑계로 삶에 대한 어떤 노력이나 희망도 포기하는 것이 운명론이 아니던가. 진정한 운명이란 항상 사후적(事後的)으로 확인되는 것이다. 덴동어미는 어떻게든 살아 보려고 최선을 다했고, 가장 절망적인 순간에도 결국 희망을 놓지 않았다. 부조리한 운명에 휘둘리면서도 끈질기게 자기 몫의 삶을 살아 내었다. 더구나 그 삶에 대해 어떤 불평이나 원망도 품고 있지 않다. 가능한 모든 것을 다 소진한 뒤에라야 운명을 깨달을 수 있고, 운명에 순순히 고개 숙일 수도 있다.

만년의 덴동어미의 태도에는 개별 인간의 의도를 넘어서는 모종의 섭리에 대한 겸손한 인식이 깃들어 있는 것처럼 느껴진다. 그리고 다음과 같은 말에서는 덴동어미가 그 엄청난 고통을 통해 마침내 사람 살이의 깊은 이치와 마음 다스리는 법을 깨쳤음을 확인하게 된다.

내 팔자가 사는 대로 / 내 고생이 닫는 대로
좋은 일도 그뿐이요 / 그른 일도 그뿐이라.
춘삼월 호시절에 / 화전놀이 왔거들랑
꽃빛일랑 곱게 보고 / 새소리는 좋게 듣고

밝은 달은 여사로 보며 / 맑은 바람 시원하다

좋은 동무 좋은 놀이에 / 서로 웃고 놀아 보소.

사람의 눈이 이상하여 / 제대로 보면 괜찮은데

고운 꽃도 새겨보면 / 눈이 캄캄 안 보이고

귀도 또한 별일이지 / 그대로 들으면 괜찮은 걸

새소리도 고쳐 듣고 / 슬픈 마음 절로 나네.

마음 심(心) 자가 제일이라 / 단단하게 맘잡으면

꽃은 절로 피는 거요 / 새는 여사 우는 거요

달은 매양 밝은 거요 / 바람은 일상 부는 거라.

마음만 여사 태평하면 / 여사로 보고 여사로 듣지.

보고 듣고 여사하면 / 고생될 일 별로 없소.

좋은 일도 그뿐이고, 나쁜 일도 그뿐이니 거기에 구애되지 말라는 것, 꽃은 절로 피고 새는 그냥 울며 달은 매양 밝고 바람은 일상 부는 것이니 자신의 감정으로 외물을 왜곡하지 말고 사물을 있는 그대로 보라는 것, 마음을 단단하게 잡고 그 어떤 것에도 휘둘리지 말라는 것. 이러한 덴동어미의 말은 온갖 고통으로 단련된 한 여인이 인생의 황혼에 도달한, 삶에 대한 달관의 경지를 보여 주는 것이다.

덴동어미가 깨친 인생에 대한 나름의 생각은, 비록 소박하긴 하지만, 자신을 삶의 자연스런 흐름에 맡기며 어떤 관념이나 선입견 없이 세계를 있는 그대로 보는 '여여(如如)함'의 경지를 닮았다. 이러한 정신의 경지에 덴동어미가 도달할 수 있었던 것은 보통 사람으로는 상상하기 어렵고 견디기도 어려운 극심한 고통을 일평생의 삶에서 경험했기 때문일 것이다. 그리고 그 고통을 덴동어미 본연의 선량함과 강인함으로 견뎌 냈기 때문일 것이다. 덴동어미는 어떤 고통을 통해서도 훼손되지 않았고, 오히려 고통을 통해 단련되고 자유로워졌다.

2

덴동어미가 고통과 가난에 시달리면서도 끝내 자신에게 주어진 삶을 감내할 수 있었던 것은 일차적으로는 덴동어미가 지닌 본연의 생명력에 기인한 바 크다고 하겠으나 그에 못지않게 그녀가 인생 유전의 과정에서 만난 다양한 사람들의 위로 및 그들과의 공감과 연대에 힘입은 바 크다고 할 수 있다.

「덴동어미화전가」에서는 특히 여성들 사이에서 자연스럽게 형성되는 연대의 모습이 주목된다. 여성적 연대의 인상적인 장면들은 덴동어미의 인생에서, 그리고 화전놀이의 현장에서 두루 발견된다.

세 번째 남편 황도령이 죽었을 때는 주막집 주인댁이, 네 번째 남편 조서방을 잃었을 때는 이웃집 여인이, 절망에 빠진 덴동어미를 지성으로 위로하고 달랜다. 주막집 주인댁은 고생뿐인 삶이라 할지라도 삶은 그 자체로 귀중하다는 것, 사람의 인생에는 성쇠(盛衰)가 있어 행복하기만 한 인생이나 불행하기만 한 인생은 없는 법이며, 슬픔과 기쁨, 고통과 행복이 엇갈리는 게 인생이라는 것을 말해 준다.

이웃집 여인은 이 같은 고통을 당한 사람이 혼자만이 아니라는 것, 어머니가 있어야만 아이가 살 수 있다는 것, 어머니가 죽어 버리고 나면 아이도 살 수 없다는 것을 깨우쳐 준다.

이들은 한 사람의 여성으로서 다른 여성의 고통에 깊이 공감하고 그 처지에 연민을 느끼며, 자신이 할 수 있는 모든 노력을 다 기울여 위로하고 삶에의 희망을 함께 모색하고 있다. 이들에게서 온갖 고난을 버텨 내는 강인함과, 고난 속에서도 결코 훼손되는 법 없는 인간미를 느낄 수 있다. 그리고 가난과 고통의 삶을 사는 하층 여성 상호 간에 자연스레 형성되는 인간적 연대의 귀한 면모 또한 발견할 수 있다.

한편 덴동어미가 고향에 돌아와 막막한 심정으로 울고 있을 때, 한 여자 노인이 그 우는 사연을 물으며 그녀를 달랜다. 슬픔에 빠진 사람을 외면하지 못하고 그 사정에 귀 기울이고 이해하며 그를 위로하는 따뜻한 인간미를 노인은 보여 주고 있다. 이 노인은 덴동어미를 집으로 데려가 함께 잠을 자며 그 살아온 내력과 신세타령을 다 들어 주었다. 이처럼 덴동어미는 절망적인 상황에서 번번이 다른 여성들의 위로와 격려에 힘입어 다시 일어날 수 있었다.

타인의 고통에 대한 공감에서 인간적 연대는 비롯되는 것이다. 덴동어미와 다른 여성 사이에 형성된 공감과 연대는 덴동어미를 통해 또 다른 여성들과의 공감과 연대로 마치 그물처럼 이어져 나가게 된다.

화전놀이에 모인 여성들 앞에서 덴동어미가 자신의 개인사를 이야기한 것은 자신이 위로받으려는 데 목적이 있었던 게 아니라, 청춘과부를 위로하는 데 목적이 있었다. 뎬동어미가 평생에 겪은 고난과 슬픔은 조선 시대 여성이 겪을 수 있는 고난과 슬픔의 최대치를 보여 주는 것이다. 그런 만큼 뎬동어미의 고난과 슬픔은 전형성을 갖는다. 뎬동어미는 자신의 경험으로 미루어 다른 이의 고통과 슬픔을 이해할 수 있었다. 뎬동어미의 일생담을 듣는 청춘과부와 여타의 여성들은 뎬동어미가 겪은 인생의 고비 고비를 심정적으로 함께하면서 뎬동어미가 슬플 때 함께 슬퍼하고, 고통스러울 때 함께 고통스러워하며, 희망을 추스를 때 함께 희망을 추슬렀을 것이다.

화전놀이에는 2, 30여 명 이상의 동네 여성이 참여하고 있었다. 그중에는 가난한 여성, 부유한 여성도 있고, 젊은 여성과 나이 든 여성도 있으며, 남편이 있는 여성과 남편이 없는 여성, 글을 잘 아는 여성과 글을 잘 모르는 여성도 있었다. 이처럼 각자 처지가 다르고 서로 간에 차이가 있었지만 그들 사이에는 여성이라는 공통의 존재 조건에 기인한 공감과 연대가 존재했다. 그리고 마침내 뎬동어미가 무애자재한 달관의 메시지를 전할 때는 더불어 감정적 해방감을 느낄 수 있었던 것이다.

3

덴동어미의 이야기에 감동한 청춘과부는 근심과 슬픔을 모두 털어 버리고 〈봄 춘자 노래〉를 신명 나게 부른다. 〈봄 춘자 노래〉에서는 화전놀이의 현장에 참석한 여성들의 이름이 하나하나 언급되며, 그들 모두가 저마다의 봄을 가진 존재들로 표현되고 있다. 또한 화전놀이에 참여한 여성들뿐 아니라 위로는 임금님으로부터 아래로는 자손들까지, 현재의 사람들만이 아니라 과거의 사람들까지, 이 지상에 존재했고 존재하는 모든 사람들이 저마다의 봄을 구가하는 존재들로 표현되고 있다. 청춘과부가 느끼는 봄의 흥취는 무한히 발산되며 좌중까지 신명 나게 한다. 화전놀이에 참여한 여성들은 각자 자신이 호명되고 그에 합당한 봄 풍경이 노래되는 걸 듣고 장단을 맞추며 함께 신명에 빠진다. 이들은 슬픔과 고통의 경험에 공감하고, 신나게 노래하는 과정에 동참하면서, 여성으로서의 억눌린 경험을 잠시나마 벗어날 수 있었을 것이다.

또 다른 낭자가 〈꽃 화자 노래〉로 화전놀이의 분위기를 이어 간다. 여성들 사이의 공감과 연대가 최고조에 달하면서 화전놀이의 신명도 최고조에 달한다. 노래를 부르는 동안 온갖 나비와 새들도 노래를 들으려고 날아든다. 화전놀이에 참석한 사람들만이 아니라 온갖 미물들마저 함께 봄의 생명력을 마음껏 발산하는 것이다.

모든 사람과 자연이 어우러진 한바탕의 봄을 「덴동어미화전가」는 보여 주고 있다. 이러한 봄 풍경 안에는 근심 걱정은 물론이거니와 어떤 억압이나 관습도 끼어들 틈새가 없다. 제도와 관습에 의해 억압되지 않은 여성 그 자체의 고유한 생명력을 「덴동어미화전가」는 노래하고 있다. 그러한 생명력은 여성들의 공감과 연대 위에서 발견되고 마음껏 발현될 수 있는 것이었다. 덴동어미의 일생담이 구연된 화전놀이의 현장은 여성들이 고유하게 지닌 생명력, 제도와 관습에 억눌리지 않은 원초적 생명력이 마음껏 발현되는 집단적 신명의 한판으로 마무리되고 있다.

4

덴동어미는, 그녀의 말을 빌리면, "어떻게든 살아 보려고"

갖은 고초를 마다 않았다. 그럼에도 불구하고 번번이 불행을 면치 못했다. 부조리한 세계의 횡포에 좌절을 거듭하면서도 삶에의 의지와 희망을 버리지 않는 것, 그것이 인생임을 덴동어미는 보여 주고 있다. 설혹 그 의지, 그 희망조차 덧없는 것이라 할지라도.

덴동어미가 오늘날 우리에게 말을 건넨다면, 어떤 말을 할까? 아마도 다음과 같은 말을 하지 않을까? *

슬퍼하지 마라.
슬프지 않은 존재는 없다.
고통에 굴복하지 마라.
고통을 통해 자유로워져라.

---

* 「덴동어미화전가」 원문과 그 자세한 주석을 보고자 하는 독자는 박혜숙, 「주해 덴동어미화전가」(『국문학연구』 24집, 국문학회, 2011)를 참고하기 바란다.

찾아보기

| ㄱ |

가춘운 133
갈매물 17
갑사댕기 15
강태공 52
개가 40, 46, 52, 98, 115, 116, 118,
    120, 121, 123, 124
개다리소반 42
객주 48
거위 114
걸쇠 42
경주 48, 56, 62
계섬월 13, 133
계수나무 132
고생살이 122, 125
고소대(姑蘇臺) 135
고쟁이 15, 18
공단댕기 15
공동체 107, 129
공채필납(公債畢納) 43
과줄 94, 98, 101
관중(關中) 22
광당목 18
광월사 15
광한전 16, 144
괴질(怪疾) 58, 62, 80, 110
『구운몽』 132, 133, 140
군노 48, 52, 56, 60
귀비화 145
귀촉도(歸蜀道) 22, 145
극락전 144
금은화(金銀花) 144
금장도 16
금조롱 16
금죽절 16

금지옥엽 132
길상사 15
까막까치 152
꽃떡 24
끝동 18

| ㄴ |

내성 94, 119
내죽리 27
「내칙편」(內則篇) 25
노루골 94

| ㄷ |

다리쇠 42
단계화(丹桂花) 144
단밤가마 42
단양 118, 119, 138
단오 36
담살이 49, 50
당(唐) 현종 145
대동선 66
대양푼 42
대정(大靜) 72
덴동어미 18, 19, 25, 28, 35, 39~41,
    46, 47, 56, 57, 62, 63, 75, 76, 82
    ~84, 91, 92, 98, 106, 107, 115,
    116, 123~125, 128~130, 132,
    140, 151, 155
덴동이 102, 106, 109
도리화 135, 146
도부 73, 78~81
도붓장사(도붓장수) 76, 79
도사공 66
도연명(陶淵明) 134, 145
도화꽃 136, 141

동정호(洞庭湖) 134
두견꽃(두견화) 21, 22, 145
두견새 22, 108, 109, 115
두수 44
뒤주 42
등장군(鄧將軍) 145

| ㅁ |
마고선녀 144
마룻대 101
마외역(馬嵬驛) 145
모란화 146
무궁화 143, 148

| ㅂ |
박산 94
반닫이 42
반물 18
밤송이 117, 123
백능화 132, 133
백룡퇴(白龍堆) 145
법고 25
벽도화(碧桃花) 143
병술년 58, 62
병신 104, 106
「봉구황곡」(鳳求凰曲) 132
봉놋방 49, 50
봉당 55
봉선화 145
부엌어미 50
불여귀(不如歸) 22, 108
비봉산 21, 27, 138
빈사과 94, 98
빗접고비 42
빠꾹새 24, 27

| ㅅ |
사환 52, 54, 56
산자 94, 98
살구화 146
삼승 버선 16
삼종지도(三從之道) 34
삼혼구백(三魂九魄) 101
상사화 144
상주 38, 46, 49, 56
상찰 41, 51, 113
새경 50, 66
서산나귀 42
서왕모(西王母) 132, 143
선리화 144
선비화 144
성진 132, 145
소래기 14
소양푼 42
수당혜 16
수동별신굿 96, 99
수부귀(壽富貴) 다남(多男) 15
수부귀(壽富貴) 다자손(多子孫) 88
수양버들 136
수절 40, 111, 115, 121, 123, 124
수절 이데올로기 115, 124
수지장단(壽之長短) 121
순흥 19, 21, 27, 36, 39
술구기 42
숭화산(崇華山) 145
승발 41
신명 49, 50, 66, 111, 117, 124, 140,
　　141, 154, 155
신명도망 35, 124
신명타령 114
신선놀음 66, 152

실굽달이 42
심요연 132, 133

| ㅇ |

아미 팔자(蛾眉八字) 15
아전 39, 41, 46
악양(岳陽) 134
안노인 112
안동 94, 96, 98, 119, 137
앞단이 42
앵무새 25, 27, 138
약치레 79, 104
양귀비 134, 145
양대포 16
양색단 15
양자강 135
엄형(嚴刑) 41
엉송이 117, 123
여동빈(呂洞賓) 134
여필종부(女必從夫) 34
열녀각 111
엿장사 93
엿장수 93, 94, 98
영산홍 137
영주시 21
영천 118
영춘화 137
예천 36, 39, 119
오호(五湖) 134
옥매화 146
옥문관 133
왕소군(王昭君) 133, 145
요지연(瑤池淵) 25, 143
용두머리 42, 43
운명 123∼125, 128
운명론 125, 128

울산 64, 71, 75
월광단 16
월궁항아 16, 144
월 서시(越西施) 134
월수 54, 57, 59
은장도 16
은조롱 16
은죽절 16
은행나무 108, 115
의성 94
이방 36, 46, 53
이백화(李白花) 145
이소화 132
이역스럽 45
이태백 135, 145
이포(吏逋) 41, 46
이화 136
일광단 16
일수 54, 57, 59
임상찰 51, 113

| ㅈ |

자라목 79, 83
잔줄 누비 15
장독 43
장목비 42, 43
장변(場邊) 59
장생화(長生花) 143
장채다리 104
재판 42, 43
적경홍 132, 133
적토마 42
전당(錢塘) 146
전령(傳令) 73
정경패 132
정의(旌義) 71, 72

제주 71~73, 76
조막손 104
조서방 89, 93, 98, 100, 106
조첨지 94, 103
주 문왕(周文王) 53
줄행랑 42
중노미 48, 51
진채봉 132, 133
질노구 44
집단적 신명 155
찔레화 145

| ㅊ |
참꽃 21, 22, 146, 147
창해일속(滄海一粟) 74
채롱 22
천수화(千壽花) 143
천태산 144
철쭉화 145
첩 119, 124
청삼사리 114
청상 35, 118
청수담 133
청실홍실 15, 29
청총화(靑塚花) 145
청춘과부 17, 19, 29, 33, 34, 39, 75,
    117, 118, 123, 130, 140, 141, 148
체계(遞計) 54, 57, 59
초 회왕(楚懷王) 145
촉규화 144
춘광 118
춘당대(春塘臺) 144
치자 96
칠승포 17
「칠월편」(七月篇) 25

| ㅋ·ㅌ·ㅍ |
큰어미 119
타구 42, 43
택호(宅號) 140, 141
팔선녀 132
팔자 32, 35, 49, 74, 80, 85~88, 90,
    93, 101, 105, 110, 117, 118, 120
    ~126
표모기식(漂母寄食) 53
풍기 94, 138
풍산 94

| ㅎ |
한 고조(漢高祖) 53
한신(韓信) 53
한중대장(韓中大將) 53
할미화 144
함박꽃 146
해남관(海南館) 66
해당화 69, 136, 142
호강살이 122, 125
호두약엿 94, 96
호장 53
홍도화 136, 143
홍련화 146
화병 43
화전 13, 19, 21, 27, 146~148, 152
화전가 25, 154, 155
화전놀이 13, 19, 24, 27, 32, 34, 126,
    138, 140, 148, 151, 154, 155
화표(華表) 25
황국화 145
황금옥(黃金屋) 144
황도령 64, 75, 76, 82~84, 98